차원 정복자

FUSION FANTASTIC STORY ④

SLV 장편 소설

차원정복자 4

SLV 장편 소설

초판 1쇄 찍은 날 § 2014년 1월 27일
초판 1쇄 펴낸 날 § 2014년 2월 6일

지은이 § SLV
펴낸이 § 서경석

편집부장 § 권태완
편집책임 § 박은정

펴낸곳 § 도서출판 청어람
등록번호 § 제1081-1-89호
등록일자 § 1999. 5. 31
어람번호 § 제1-1767호

주소 § 경기도 부천시 원미구 심곡2동 163-2 서경B/D 3F (우) 420-822
전화 § 032-656-4452 팩스 § 032-656-4453
http://www.chungeoram.com
E-mail § chungeorambook@daum.net

ISBN 978-89-251-3697-4 04810
ISBN 978-89-251-3512-0 (세트)

차원 정복자

FUSION FANTASTIC STORY

SLV 장편 소설

도서출판 청어람

CONTENTS

차원
정복자

28장
또 다른 흑막

백 명도 넘는 군경과 요원들이 카리스를 포위했다.

그들은 카리스의 모습을 보고는 저마다 한마디씩 했다.

"저놈 면상 좀 봐."

"저렇게 흉측한 건 처음 보는구만."

카리스는 슬러그 탄에 얼굴 일부가 날아가 버렸다.

거기에다 다친 지 얼마 되지 않아 아물지도 않은 상처에 본래 뼈와 살이 있어야 할 곳이 사라져 안이 훤히 드러나는 터라 보고 있기 힘들 정도였다.

"저자는 분명 그 탈주범이 아닌가."

현장에 도착한 수만은 망가진 얼굴에도 불구하고 눈앞의 남자가 카리스라는 것을 알아보았다.

게다가 카리스 앞에 쓰러진 시신은 림진재가 틀림없었다.

총에 맞고 죽은 림진재.

그 림진재를 쏜 것으로 추정되는 권총을 들고 있는 카리스.

조금 전 벌어진 일을 목격하지 못한 수만으로서는 대체 일이 어떻게 돌아가는 것인지 알 수가 없었다. 하지만 상대가 카리스라면 해야 할 일은 분명했다.

"당장 항복하라! 그러지 않으면 발포하겠다!"

메가폰으로 투항을 권유하던 수만은 은아의 무전을 받았다.

ㅡ대장님. 신중하게 움직여야 해요.

"무슨 일 있나?"

ㅡ지금 카리스가 들고 있는 스위치 보이시죠?

"그런데."

ㅡ저 스위치를 누르면 고준위 폐기물을 보관한 가방이 열린다고 합니다.

"뭐라고? 그게 사실이야?"

ㅡ네, 지금은 폐기물이 철저하게 차폐되어 있어서 문제

없지만 그게 열리기라도 하면…….

"빌어먹을. 일이 그렇다는 말이지."

방사능은 폭탄과는 다르다.

군이 폭파시키거나 할 것 없이 공기 중에 퍼져 나오는 것만으로도 재앙인 것이다.

포위되어 있는 카리스가 여기 모인 모두의 목숨 줄을 쥔 상황이 되어버렸다.

카리스는 림진재의 시신을 발로 건드리며 자그맣게 중얼거렸다.

"아니?"

"저게 뭐야?"

군경과 요원들 모두 눈앞에 펼쳐지는 광경에 놀라움을 금치 못했다.

피를 흘리며 죽어 있던 림진재가 서서히 몸을 일으키기 시작한 것이다.

어디 아파하는 기색도 없이 방금 전 총을 맞고 죽은 것이 모두 연극이었나 하는 생각까지 들 정도였다.

그러나 일어난 진재를 본 모두들 직감했다. 저건 살아 있는 게 아니라고.

분명 스스로 몸을 일으키기는 했지만 퀭한 눈빛과 인형 같은 무표정한 얼굴은 절대 살아 있는 사람의 것이 아니었다.

그렇게 죽은 채 일어난 림진재는 카리스의 앞을 막아서 듯 섰다.

그 광경을 지켜본 유석은 카리스가 림진재의 시체를 방패로 쓰려는 속셈임을 알아보았다.

어찌 된 일인지는 모르겠지만 아무튼 림진재라는 놈과 카리스 놈은 한편이었다.

그런데 카리스가 림진재를 배신해 죽인 뒤 그 시체를 되살려 이용하려 하고 있다.

"카리스 놈이 노리는 것은 대체……."

방사능을 이용한 자폭?

그렇다면 벌써 스위치를 눌렀을 것이지만 그런 기색은 없었다.

이렇게 완전히 포위된 상황에서 카리스가 대체 무엇을 할 수 있다는 말인가. 그 선택지는 많지 않을 것이었다.

"무슨 속셈이냐."

유석이 카리스에게 물었다.

카리스는 살이 날아가 어금니와 턱뼈가 드러나는 입으로 미소를 지으며 말했다.

"네놈을 원한다."

"뭐라고?"

"실험체, 네놈을 원한다는 말이다. 나를 따라 와라. 이 자리에 있는 모두를 죽이고 싶지 않으면."

유석을 원한다.

이미 몇 차례 유석을 노렸다.

부하들을 잃고, 한쪽 눈을 잃고, 얼굴까지 저렇게 되었음에도 불구하고 여전히 유석을 원한다.

그런 노림의 대상이 된 유석이 생각하기에 카리스는 단순히 복수심으로 자신을 원하는 것 같지 않았다.

복수보다도 좀 더 절박하고 간절한 이유가 있다. 그것은 대체 무엇일까.

"날 어쩌려는 거냐?"

유석의 질문에 카리스는 대답했다.

"알 것 없지."

"나에게 복수하려고?"

"복수라, 그것도 좋겠지."

역시 복수가 주목적은 아닌 것 같다. 그렇다면 그 외의 이유라면…….

"레넌 제국."

유석이 내뱉은 단어에 카리스의 하나 남은 눈이 반짝였다.

"지금 뭐라고 했나? 실험체."

"날 이용해 레넌 제국으로 돌아가려는 건가? 네놈의 세계 말이다."

레넌 제국으로 돌아간다.

이미 그곳에서 지구로 온 게 카리스이니만큼 불가능하다고 생각되지는 않았다.

게다가 지구에서도 레넌 제국이 있는 차원으로 가기 위한 연구가 시작되지 않았는가.

분명 그것을 위해 필요한 차원 이동 장치를 가동시키려면 마나의 힘이 필요하다고 했다.

그 마나라는 힘은 유석의 몸에 어마어마하게 내재되어 있고 말이다.

그런 사실들을 떠올린 유석은 반쯤 확신하게 되었다.

카리스가 원하는 것은 자신을 이용해 고향인 레넌 제국으로 돌아가는 것이라고.

"대단하군. 거기까지 알아채다니."

카리스가 키득거리며 말했다. 유석은 총을 들이대며 대답했다.

"네놈이 그렇게 돌아가게 놔둘 것 같아?"

"그러면 이 자리에서 모두 함께 죽고 싶은가."

"그 스위치를 누르면 네놈도 죽는다."

"상관없다. 제국으로 돌아가지 못한다면 차라리 죽는 게 나으니까."

"……"

지금 카리스는 단순히 협박을 하는 게 아니라 진실을 말하고 있었다.

유석이 자신에게 협조하지 않으면 정말 저 스위치를 누를 것이다.

그러자 은아가 나서 물었다.

"유석 요원을 원한다는 게 무슨 소리지? 말해."

"말 그대로다. 일단 이 포위를 푼 뒤 저 실험체는 무기를 버리고 나를 따라오게 하도록."

"유석 요원을 데려가서 어쩔 속셈이지?"

"그건 알 것 없지."

가르쳐 주지 않아도 카리스가 짓고 있는 섬뜩한 미소를 보고 있으면 유석에게 무언가 좋지 않은 행동을 하리라는 것 정도는 충분히 짐작할 수 있었다.

아마 유석을 죽이거나, 그에 버금가는 위해를 끼칠 것이다.

난처해진 은아는 유석에게 속삭였다.

"어떡하지?"

"생각 중이야."

"뭔가 해결할 방책이 없을까?"

그때 유석의 귀에 무전이 들려왔다.

―유석 요원. 잘 들어라. 지금⋯⋯.

한참 설명하던 수만의 무전은 이렇게 끝을 맺었다.

—…그런 작전이다. 실행할지는 자네가 선택하도록.

수만이 무전으로 알려 준 작전.

간결하지만 상당히 위험한 작전이기도 했다. 실패한다면 뒷일은 장담하기 어렵다.

그러나 지금 상황에서도 뒷일을 장담하기 어려운 것은 마찬가지였다.

아무 대책 없이 카리스가 시키는 대로 따를 수도 없고, 그렇다고 가만히 시간을 끌자니 언제 방사능 가방이 열려 주변 일대를 죽음으로 물들일지 모르는 노릇이다.

대책 없이 가만히 있으면 카리스에게 끌려갈 뿐이다. 그렇다면 차라리 위험을 감수하는 게 낫지 않겠는가.

결정을 내린 유석이 카리스에게 말했다.

"알겠다. 내가 어떻게 하기를 바라지?"

"일단 무기를 버려라."

유석은 카리스가 시킨 대로 AA—12를 바닥에 떨어뜨렸다. 그러자 카리스가 다시 말했다.

"무기가 그게 전부는 아니지 않나?"

유석이 숨기듯 차고 있는 권총과 나이프의 존재를 알아챈 건지, 그저 짐작으로 한 말인지는 알 수 없다.

어느 쪽이든 카리스가 저렇게 말한 이상 무기를 숨길 수는 없었다.

유석은 차고 있던 권총과 나이프도 내려놓았다. 물론 나름대로 계산은 있었다. 최악의 상황이라면 맨손으로라도 어떻게 하겠다는.

한편 은아는 긴장된 표정으로 그 광경을 지켜보았다. 은아 또한 무전을 받았기에 상황이 어떻게 돌아가는지는 알고 있었다.

눈앞의 상황을 지켜보던 은아는 카리스가 보지 않도록 은밀하게 수신호를 보냈다. 수만이 말한 그 작전을 시작하라는 것이었다.

"좋아. 이제 나에게 와라."

유석은 카리스의 말대로 천천히 발걸음을 옮기기 시작했다.

"이제 그 스위치를 버리거나 해도 되지 않을까?"

유석의 말에 카리스는 히죽 웃었다.

"그럴 수는 없지. 내가 이것을 버리는 것은 모든 일이 끝난 후다."

마침내 유석이 카리스의 코앞까지 다가왔다.

여전히 미소를 머금은 채 카리스는 가만히 턱짓을 했다.

그러자 카리스의 앞에 있던 림진재가 갑자기 유석에게 손을 휘둘렀다.

림진재의 손에는 언제 어디서 꺼냈는지 나이프 한 자루
가 쥐여 있었다.

하마터면 칼에 맞을 뻔한 유석은 간발의 차로 림진재의
손을 붙잡을 수 있었다. 그런 유석의 반응에 카리스가 말했
다.

"과연, 무기는 모두 버린 모양이군."

유석이 무기를 가지고 있었다면 이 시점에서 자신의 무
기를 꺼내 진재를 공격했을 것이라 생각한 모양이다. 상당
히 예리한 판단이 아닐 수 없었다.

"그래, 나는 무기를 버렸다. 너도 이제 스위치를 버리
지."

유석은 다시 카리스가 스위치를 버릴 것을 주문했다.

하지만 주도권을 쥔 카리스는 자신의 가장 큰 무기를 쉽
사리 놓지 않았다.

"그건 모든 일이 다 끝난 뒤에 생각해 보지."

"네놈이 레넌 제국으로 돌아간 뒤에?"

"아마도."

유석이 생각하기에 카리스는 자신을 살려 줄 마음도, 저
스위치를 버릴 마음도 없는 것 같았다.

아마도 자신을 먼저 이용하고 죽인 뒤 레넌 제국으로 갈
때 지구에서 당한 것을 복수도 할 겸 저 스위치를 누르고

떠날 속셈이 아닐까.

'그렇게 당할 수는 없어. 그 작전은 어떻게 되어 가는 거지?'

수만이 말했던 작전. 아직 신호가 오지 않은 것을 보니 준비가 덜 된 모양이었다.

그렇다면 시간을 조금 더 끌어야 한다. 마음을 정한 유석이 말했다.

"카리스, 네놈은 어차피 날 죽일 생각이겠지."

카리스는 자신의 잃어버린 눈과 날아간 얼굴 부분을 쓰다듬으며 말했다.

"그거야 모르는 일이지. 혹시 아나? 내 말을 잘 들으면 살 수도 있을지."

"입 닥쳐, 개자식아. 나는 네놈들을 잘 알아. 어디서 누굴 농락하려는 거냐!"

목구멍까지 치밀어 오르는 말을 삼키면서 유석은 말을 계속했다.

"날 살려 줄 수도 있다고……."

"얌전히 날 따른다면 말이지."

카리스는 문득 주변을 둘러보더니 모두에게 스위치를 들이대며 말했다.

"이제 대화는 끝이다. 셋을 세겠다. 포위를 풀고 물러서지 않으면 이것을 누르겠다. 하나."

"……."

"둘."

"……."

카리스를 포위한 군경은 천천히 포위망을 풀기 시작했
다.

그 광경을 본 카리스는 일이 잘 풀려가는 것을 느끼며 움
직이는 시체가 된 림진재에게 턱짓을 했다.

림진재는 즉각 유석의 허벅지를 향해 나이프를 찔렀다.

진재의 살기를 느낀 유석은 피하려고 했지만 갑자기 그
런 유석을 포박하는 빛나는 끈이 있었다.

끈에 묶인 유석은 제대로 저항하지 못하고 나이프를 맞
았다.

"큭! 이 망할 자식이!"

허벅지에 나이프가 꽂힌 유석은 하마터면 쓰러질 뻔했지
만 간신히 몸을 가누었다. 그런 유석을 내려 보며 카리스는
싸늘하게 웃었다.

유석이 짐작했듯 카리스에게 유석을 살려 줄 마음은 추
호도 없었다.

'총' 이라는 무서운 무기가 없는 유석이라면 지금처럼 돌
아가는 상황을 이용해 어떻게든 제거할 수 있다고 여겼다.

그 생각은 옳은 것 같았다.

유석은 크게 저항도 하지 못하고 마법의 끈에 묶이고, 칼까지 맞았다. 이런 유석이라면 두려워할 필요가 없었다.

"좋아. 끌고 가지."

카리스의 말에 림진재는 유석의 옷을 움켜쥐고 질질 끌 듯 이동하기 시작했다.

카리스는 스위치를 든 채 그 뒤를 따랐다.

동시에 고준위 폐기물이 보관되어 있던 차 문이 열리며 가방이 공중에 뜬 채로 카리스 옆에서 움직였다.

여기 모인 요원들은 대부분 마법에 대해 알거나 최소한 들어 본 적 있는 사람들이었고 군경들도 눈앞에서 죽었던 사람이 살아 움직이는 것을 목격한 사람들이다.

그런 그들의 눈에도 지금 펼쳐지는 마술 같은 광경은 신기하게 보였다.

물론 마냥 신기하게 볼 수는 없는 일이었다.

"저 녀석이 멍청하게 가방에 신경을 쓰지 않으면 그걸로 어떻게 할 수 있었겠지만……."

은아가 속으로 중얼거렸다.

카리스가 멍청하게 행동했다면 일이 더 수월할 수도 있었겠지만 그러지 않았다.

이제는 하루빨리 작전 준비가 완료되기를 기다릴 뿐이다.

묶이고 허벅지에 칼을 맞은 유석은 다리를 절면서 끌려가는 신세였다.

"왜 이렇게 시간이 걸리는 거야?"

당하는 유석 본인보다도 지켜보는 은아가 더 안달이 났다.

이대로 유석이 끌려가면 다른 사람들은 몰라도 유석만큼은 끔찍한 결말을 맞이하게 될지도 모른다. 그런 것은 보고 싶지 않았다.

바로 그때, 수만이 메가폰으로 외쳤다.

"모두들, 길을 열어줘라! 반복한다. 길을 열어줘라!"

이 말을 들은 유석과 은아의 눈빛이 동시에 번쩍였다.

그리고 수만의 명령에 포위망은 완전히 풀려나고, 카리스에게 길을 열어주었다.

만사가 잘 풀리는 듯하자 카리스는 기분이 좋아진 듯 미소를 지었다.

하지만 그러면서도 주변을 경계하는 것도 잊지 않았다.

언제 총이라는 무기를 든 녀석이 숨어 있다 자신을 덮칠지 모른다.

때문에 카리스는 마법을 동원하여 주변을 아주 철저하게

감시하고 있었다.

누군가 삼백 보 밖에서 숨어 있어도 알아챌 수 있을 만큼 말이다.

마법을 통한 감시 결과 주변에 누군가 숨어 있지는 않은 게 틀림없었다.

카리스는 일이 자기 뜻대로 풀려 간다고 생각했다.

실험체는 포박한데다가 칼까지 맞았으니 제대로 움직이지 못할 것이다.

이제 저 상태로 아무도 없는 곳까지 끌고 간 뒤 차원의 문을 열면 다 끝나는 것이다. 이 지긋지긋한 지구라는 세계에서 벗어날 수 있다.

카리스는 유석과 함께 천천히 이동을 하려고 했다.

바로 그때.

탕!

총성이 울렸다.

동시에 쨍그랑 하는 소리와 함께 카리스는 스위치를 들고 있던 오른쪽 손에서 느껴지는 극심한 통증에 그만 스위치를 떨어뜨렸다.

"윽… 이건?"

놀란 카리스가 떨어뜨린 스위치는 유석이 발로 캐치한 뒤 곧장 군경들이 있는 쪽으로 차 넘겼다.

워낙 순간적이고, 갑작스레 벌어진 일이라 카리스는 제지할 수 없었다.

"쏴라!"

수만의 외침과 함께 죽었지만 살아 있는 림진재를 향해 집중 사격이 쏟아졌다.

수십 정의 총에서 쏟아진 집중 사격에 림진재는 곧 형체도 분간하기 힘든 고깃덩이가 되어 쓰러졌다.

도대체 카리스는 일이 어떻게 돌아가는 것인지 알 수가 없었다.

분명 반경 수백 보 안에 숨어 있는 녀석 같은 것은 없었는데, 또 그 안에 있는 녀석 누구도 총을 들이대거나 하는 기미 같은 것은 없었는데.

거기에다 혹시 어디선가 총탄 같은 게 날아올 때를 대비해 방어 마법을 쳐놓기까지 했다.

그런데 지금 날아온 총탄은 카리스의 감시 마법과 방어 마법을 모두 뚫고 들어와 큰 부상을 입히고 스위치를 놓치게 만들었다.

'대체······. 뭐가 어찌 된 거지?'

어찌 된 일인지 도무지 알 수가 없었다.

탕!

그때 또 한 발의 총성이 울렸다.

"끄악!"

이번에는 총탄이 카리스의 다리를 뚫고 지나갔다. 견디지 못한 카리스의 몸이 무너져 내렸다.

그 광경을 본 유석은 작전이 성공했다는 사실을 알았다.

작전, 유석이 카리스에게 항복한 척했을 때부터 시작된 작전은 사실 간단한 것이었다.

유석이 카리스에게 항복하고 포위한 요원과 군경들도 그에 협조하는 척 시간을 끈다.

그사이 저격수가 되도록 먼 곳에서 카리스를 조준한다.

카리스가 빈틈을 보이는 사이 저격으로 그를 처리하여 일을 마무리한다.

간단한 작전이지만 아직 지구의 문물을 잘 모르는 카리스는 1㎞ 밖에서도 사람을 저격할 수 있는 저격총의 존재는 모를 것이라는 생각에 시작한 작전이었다.

다행히도 카리스는 정말 저격총의 존재를 알지 못했고, 덕분에 작전은 성공을 거두었다.

"크윽."

유석은 그때껏 허벅지에 박혀 있던 칼을 뽑았다.

사실 허벅지는 중요한 혈관 등이 많이 지나다니는 급소로서 이렇게 칼에 맞은 것은 가볍게 볼 수 없는 상처다.

하물며 함부로 박힌 칼을 빼는 것은 엄청난 출혈을 일으

커 목숨이 위태로울 수도 있는 일이다.

그러나 유석의 신체는 보통 사람과 달랐다.

나이프가 꽤나 깊숙하게 박힌 터라 계속 피가 흘러나와야 할 상처는 어느새 피가 멎은 뒤였다.

"아니, 상처가… 괜찮아?"

헐레벌떡 유석에게 달려온 은아가 물어왔다. 유석이 대답했다.

"괜찮아."

"별로 안 괜찮아 보이는데… 이 정도 상처면 죽을 수도 있어."

"나는 보통 사람이 아니니까."

"그, 그런가?"

유석 본인이 저렇게 말하는데 은아가 반론을 할 수는 없었다. 그래도 걱정이 된 은아가 말했다.

"아무튼 병원부터 가야되겠어. 아무리 네가 보통 사람이 아니더라도 그 정도 상처를 방치하면 안 돼."

"원장님한테 갈 거야."

"그렇다면 다행이지만."

은아와 대화하던 유석은 요란한 소리에 시선을 돌렸다.

국정원 요원들이 달려들어 카리스를 제압하는 광경이 보였다.

워낙에 중요한 범죄자인 탓인지 제압된 카리스의 몰골은 어떤 의미로는 대단하기까지 했다.

팔다리에 수갑, 입에는 재갈, 눈에는 안대. 거기에다 따로 사슬 같은 것을 채워 묶기까지 했다.

아무리 마법의 힘을 가졌다고는 해도 자력으로 탈출할 수는 없을 것 같았다.

그런 카리스를 바라보는 유석의 표정은 썩 좋지가 않았다.

옆에서 은아가 슬며시 물었다.

"뭐 네가 좀 고생을 하긴 했지만 다 잘되었잖아? 림진재도 죽었고 고준위 폐기물도 되찾았고 카리스 녀석도 잡았고."

"그건 알지만 좀 허무해."

"허무하다고?"

"그래, 저놈을 살려두는 게 마음에 들지 않아."

아직 유석은 카리스를 죽이고 싶어 하는 마음을 버리지 못한 것이다.

은아는 그런 유석을 설득하려 했다.

"카리스 저 녀석은 살려둘 필요가 있어. 레넌 제국 녀석이고, 거기에다 림진재 패거리와도 관계가 깊어. 저 녀석에게 알아내야 할 게 많아. 어떻게 림진재 패거리와 접촉할 수 있었는지, 또 림진재 패거리에 대한 정보와 그들과 접촉한 뒤 어떻게 행동했었는지."

"……."

"지금은 저 녀석을 살려둘 수밖에 없어."

"알고 있어."

마음에 들지 않는 듯하지만 유석이 수긍하는 표정을 짓자 은아는 한시름을 놓았다.

하지만 이는 유석이 카리스를 용서하거나 해서는 아니었다.

"그래도 저놈 면상이 박살 나고 총까지 맞은 꼴을 보니 그나마 속이 좀 풀리는 것도 같아. 저대로 평생 감옥에서 사는 것도 나쁘지 않겠지."

"……."

유석의 진심에 은아는 무어라 한마디 해주려다 그만두었다.

아직 유석의 마음속에 쌓인 분노와 증오는 자신이 몇 마디 한다고 해소될 것은 아닌 것 같았다.

그러는 사이 카리스에 대한 처치가 끝났다.

머리끝에서 발끝까지 구속한 것은 물론 마취제를 이용해 기절까지 시키고는 호송차에 싣는 것이었다.

거기까지 지켜본 유석이 한마디 했다.

"저 정도면 절대 도망은 못 치겠군."

"그렇겠지."

카리스가 호송차에 들어간 뒤에야 유석도 움직이기 시작했다.

출혈은 멎었지만 상처가 완전히 아문 것은 아닌지라 걷기가 꽤나 불편했다.

은아가 그런 유석을 옆에서 부축해 주었다.

유석은 부끄러운지 낮게 말했다.

"혼자 걸을 수 있어."

"환자가 무리하는 거 아니야. 또 내가 환자였을 때는 네가 아주 안아 들어 줬잖아. 기브 앤 테이크야."

기브 앤 테이크. 은혜를 받은 바 있으니 갚는 것뿐이다.

하지만 지금 은아의 행동에서는 무언가 그 이상의 의미가 느껴지는 것 같았다.

그 이상의 의미가 무엇인지 자세히는 알 수가 없었지만 말이다.

어찌 되었든 굳이 부축해 주겠다는 것을 계속 거부하기도 어려웠기에 유석은 은아의 부축을 받으며 움직였다.

두 사람은 이런 일이 벌어질 줄 알았다는 듯 대기하고 있던 구급차에 올라탔다.

"어서 봅시다. 상처가… 세상에. 상처가 이렇게 큰데 출혈은 거의 없잖아?"

구급요원은 유석의 신체에 대해 특별히 들은 게 없는 듯 놀람을 감추지 못했다.

하지만 곧 자신의 직무를 자각하고는 부상 부위에 응급처치를 한 뒤 유석을 침대에 눕혔다.

은아가 그런 유석의 옆에 머무는 가운데 구급차가 출발했다.

멀지 않은 곳에서는 카리스를 태운 호송차도 출발했다.

그 광경을 본 유석은 침대에 누운 채 생각에 잠겼다.

이걸로 국가 안보를 위협하던 림진재도 죽었고, 한반도 전체를 위기에 몰아넣었던 고준위 폐기물도 회수되었다.

유석의 철천지원수였던 카리스 역시 얼굴 한쪽이 날아가고 손과 다리에 총을 맞은 비참한 몰골로 사로잡혔다.

아마 그는 두 번 다시 바깥 공기를 쐬기 어려울 것이다.

'이걸로 다 된 건가……'

임무는 완수했다.

카리스를 죽이지 못한 게 아쉽기는 하지만 다르게 생각해 보면 그냥 죽이는 것보다 지금처럼 비참한 몰골이 된 채로 살도록 하는 게 더 고통스러운 일일 수도 있다.

그렇다면 이것으로 끝인 걸까. 물론 그렇지는 않다.

유석이 원하는 결말은 카리스 같은 녀석 몇을 쳐 죽이는 게 아니라 레넌 제국이라는 거대한 국가에 복수하는 것이다.

몇 개의 차원을 정복했다는 그 거대한 국가 말이다.

문제는 그것을 원한다면 국정원에 계속 남아 있는 게 의미가 있는가 하는 것이다.

모르기는 몰라도 당장 국정원에서 유석이 원하는 대로 움직이지는 않을 것이다.

즉, 당장 전력을 집중해 차원의 문인지 뭔지를 열고 레넌 제국이라는 곳으로 쳐들어가지는 않을 것이라는 뜻이다.

그렇지 않다면 자신이 이 국정원에 계속해서 남아 있을 이유가 있을 것인가.

그것이 유석의 고민이었다.

국정원에 들어온 후 유석은 이미 여러 차례 죽을 고비를 넘겼다.

그 모든 것을 감수한 것은 애국심이 아니라 복수를 위함이었다.

그리고 이제 국정원에서 할 수 있는 복수는 끝난 게 아닐까.

그렇다면 앞일을 다시 생각해 봐야 하는 게 아닐까.

유석의 머릿속에 이런 생각들이 끝없이 맴돌았다.

은아는 그런 유석을 바라보다 물었다.

"뭔 생각을 그렇게 해?"

"아무것도 아냐."

"아무것도 아니라고?"

"그래."

은아가 보기에 아무것도 아닌 게 아닌 것 같았다.

하지만 꼬치꼬치 캐묻는다고 가르쳐 줄 것 같지는 않았기에 더 말하지 않았다.

그저 말없이 누운 유석의 손을 잡아줄 뿐이었다.

유석도 굳이 확인하거나 하지 않아도 지금 자신의 손을 잡은 게 은아의 손이라는 사실은 알 수 있었다.

은아는 몸에 열이 많은 체질인지 잡은 손이 유독 따뜻하게 느껴졌다.

"……."

솔직히 이렇게 은아가 자신의 손을 잡고 있는 게 조금은 부담스럽기도 했다.

하지만 나쁜 기분은 아니었다. 때문에 유석은 잠자코 있었다.

그렇게 얼마나 시간이 지났을까. 문득 유석은 멀리서 무언가가 다가오는 소리를 들었다.

"이거 헬리콥터 소리지."

"어, 그러고 보니……."

은아도, 구급차 내의 다른 사람들도 헬리콥터 소리를 들었다.

바깥을 내다 본 은아는 정말 헬리콥터 두 대가 이쪽으로 다가오는 것을 보았다.

"어라, 저건 못 보던 헬기인데. 방송사 헬기도 아닌 것 같고."

날아오는 헬리콥터를 보며 고개를 갸웃거리던 은아는 수만에게 무전을 넣었다.

"대장님, 지금 헬기가 두 대 날아오고 있는데, 그거 우리 쪽인가요?"

―아니다.

"아니라고요? 그럼?"

―일단 통신을 넣어 봐야겠다.

이런 수만의 무전이 채 끝나기도 전에 헬리콥터 한 대에서 무언가가 발사되었다.

쉬이이익―

꽁지에서 불꽃을 뿜으며 날아가는 로켓이었다.

콰아아앙!

헬리콥터에서 발사된 로켓은 그대로 선두에서 달리던 지프차를 맞췄다.

지프차는 요란한 소리와 함께 공중으로 치솟으며 불길에

휩싸였다.

"뭐, 뭐야!"

끼이익—

콰앙!

놀란 구급차 운전자가 급브레이크를 밟았다.

구급차뿐만이 아니라 여러 대가 한꺼번에 급브레이크를 밟는 통에 그렇지 못한 차들과 앞뒤에서 부딪쳐 순식간에 주변은 엉망진창이 되어버렸다.

"대체 무슨 일인가!"

"갑자기 헬기가 공격해 왔습니다!"

"정체가 뭐야?"

긴급 무전이 오가는 가운데 모두들 하나둘 차에서 내리기 시작했다.

길이 엉망이 되어 제대로 움직이지도 못하는 차 안에 있는 것보다는 차라리 밖에 나가는 게 안전했다.

구급차에 타고 있던 유석도 차에서 내렸다.

아직 걸음을 내딛을 때마다 허벅지의 상처가 욱신거렸지만 그런 것을 따질 상황이 아니었다.

다행히도 헬리콥터에서 더 이상 공격은 없었다.

대신 흰색 라이트가 지상을 비췄다. 라이트 빛을 받은 지상의 사람들이 눈부셔 하는 가운데 헬리콥터에서 목소리가 흘러나왔다.

"지상의 대한민국 군경, 그리고 국정원 요원들에게 알린다."

차에서 내린 수만이 메가폰 볼륨을 높여 큰 소리로 외쳤다.

"너희는 누구냐! 우리가 대한민국 군경이며 국정원이라는 것을 알면서 이런 짓을 한 것이냐?"

"그렇다."

"이런……!"

"잘 들어라. 지금부터 우리들의 요구사항을 들어주면 살려줄 것이고, 아니면 이 자리에서 너희를 전멸시키겠다."

전멸시키겠다는 것이 과장된 표현이라고 보기는 어려웠다.

현재 군경과 국정원 쪽에서는 제공권은 전혀 갖추지 못했는데 반해 저쪽은 제대로 무장된 것으로 추정되는 헬리콥터 두 대.

비록 숫자는 이쪽이 많을지라도 전황은 저쪽이 압도적으로 유리한 상황이다.

물론 이쪽에는 유석이라는 초인적인 아군이 있기는 하지만 상대가 헬리콥터라면 크게 도움이 되리라 기대하기가 힘들었다.

수만은 일단 부하를 시켜 긴급 상황임을 알렸다. 하지만 당장은 지원 같은 것을 기대하기 힘들 것 같았다.

결국 수만은 헬리콥터를 향해 이렇게 말할 수밖에 없었다.

"요구 조건이 뭔가?"

"그쪽에서 카리스라는 자를 생포했을 것이다."

"뭐라고?"

"그 카리스를 이쪽으로 넘겨라."

여느 범죄자라고 해도 기껏 체포한 자를 넘겨주는 것은 쉽게 결정할 일이 아니다.

하물며 카리스는 레넌 제국 출신의 탈주범이자 대한민국 전체를 위기에 빠뜨린 테러리스트 림진재 일당과도 관련이 깊은 인물이 아닌가.

도저히 순순히 따르기가 어려운 이야기였다.

그보다 저쪽에서 이런 이야기를 꺼냈다는 것부터가 보통 일이 아니었다.

어떻게 이쪽에서 카리스를 생포했다는 것을 알고 타이밍 좋게 이렇게 나타나 그의 신병을 요구한다는 말인가.

이것은 상대가 굉장한 정보력을 가졌고 또 공격용 헬리콥터를 두 대나 동원할 만큼 굉장한 자금력 또한 겸비한 자들이라는 것을 의미했다.

이런 자들에게 카리스를 넘기면 감당 못할 후환이 찾아 올지도 모른다.

수만은 어떻게든 시간을 끌어 보려고 했다.

"어째서 카리스를 원하는가? 그는 국가 안보에 중대한 위해를 끼친 범죄자다! 그의 신변을 넘겨주는 것은……."

타아아앙!

수만의 입을 막듯 헬리콥터가 발포했다. 총 소리나 발사 속도를 보건대 분대지원화기, 혹은 그 이상의 고화력 무기 인 듯했다.

다행히도 총탄들이 수만의 앞에 떨어졌기에 망정이지, 조준이 정확했다면 아마 수만은 뼈도 못 추렸을 것이다.

그리고 수만은 상대가 조준을 못한 게 아니라 일부러 빗나가게 한 것이라는 사실을 깨달았다.

그것을 증명하듯 헬리콥터 측에서 말해왔다.

"두 번의 기회는 없다."

"…젠장할."

시간을 끌면 수만뿐만이 아니라 여기 있는 모두를 벌집 으로 만들겠다는 소리였다.

상황이 너무나도 불리했다.

당장 지원군이 올 것도 아니고 시간을 끌 수도 없는 상황 에서 헬리콥터를 상대하기에는 이쪽의 화력이 너무나도 모자랐다.

이대로는 전멸 혹은 그에 준하는 피해를 입은 뒤 카리스를 빼앗길 판이다.

결국 수만은 결정을 내렸다.

"카리스를 데려오도록."

"알겠습니다."

다른 요원들이나 군경들이라고 상황을 모를 리 없었다. 결국 군인 몇 명이 카리스가 감금된 호송차로 향했다.

"그놈을 넘긴다고?"

그 광경을 지켜보던 유석은 분노한 표정으로 중얼거렸다.

금세라도 뛰쳐나갈 듯하는 유석을 옆에 있던 은아가 잡았다.

"참아."

"참으라고?"

"상황을 봐. 저들이 누군지는 모르겠지만 저들의 말을 따르지 않으면 우린 전멸이야."

기껏 잡은 카리스가 풀려나게 생겼다는 것 때문에 머리에 피가 몰린 유석이었지만, 그럼에도 한줄기 이성은 남아 있었다.

자신이라면 헬리콥터의 공격에도 무사할 수 있을지도 모

른다.

하지만 여기 있는 백 명에 가까운 다른 사람들은 그렇지 못할 것이다.

저 헬리콥터가 로켓포니 분대지원화기니 같은 중화기로 지상을 공격한다면, 절대 다수가 끔찍한 결말을 맞이하게 될 것이다.

물론 눈앞의 은아도 예외는 아닐 것이다.

"빌어먹을……."

이성을 찾은 유석이 몸에서 힘을 뺐다. 그런 유석의 모습에 은아는 안도의 한숨을 내쉬었다.

만일 유석이 힘으로 어떻게 하려 들었다면 자신이 어떻게 막을 수 없었을 테니 말이다.

그러는 사이 마침내 호송차에서 카리스가 모습을 드러냈다.

머리끝에서 발끝까지 철저하게 포박된 데다 마취제까지 맞은 카리스는 미동도 하지 않았다.

"카리스를 여기에 데려왔다. 이놈을 어떻게 하기를 원하나?"

"밧줄을 내려보낸다. 거기에 실어라."

곧 헬리콥터에서 밧줄이 내려왔다.

수만은 손수 카리스를 밧줄에 단단히 연결시키며 그 과

정에서 할 수 있는 한 시간을 끌었다.

지금 위기에 빠졌다는 상황은 알렸으니 혹시라도 생각보다 빨리 지원군이 도착하지는 않을까 하는 기대에서였다.

하지만 카리스가 완전히 밧줄에 연결된 시점에서도 지원군 같은 것은 나타나지 않았다.

곧 카리스는 헬리콥터로 딸려 올라갔다.

그렇게 카리스를 넘겨준 수만은 긴장한 표정으로 헬리콥터를 응시했다. 이대로 저들이 사라져 준다면 그나마 나은 상황이다.

물론 최악의 상황이라면 카리스를 받았음에도 불구하고 약속을 깨고 공격을 시작하는 것이고 말이다.

다행히 카리스를 받아 든 헬리콥터는 곧 기수를 돌려 어디론 가로 사라졌다.

수만 이하 요원들과 군경들은 안도의 한숨을 내쉬면서도 한편으로는 분노를 감추지 못했다.

"젠장. 이렇게 빼앗길 줄이야!"

"기껏 잡은 놈을 저렇게 어이없이 내주다니."

가장 분노가 큰 것은 카리스에게 직접적으로 원한이 있는 유석이었다.

유석은 멀어져 가는 헬리콥터를 바라보며 중얼거렸다.

"역시 생포 같은 것은 하지 말고 잡아 죽였어야 했어."

"······."

이 상황에서는 은아도 할 말이 없는지 잠자코 있었다.

잠시 후, 다시 헬리콥터 소리가 들려오는 가 싶더니 이번에는 아군임에 분명한 헬리콥터 몇 대가 나타났다.

외형이나 국방색으로 칠해진 색을 보건대 대한민국 국군 소속의 헬리콥터가 틀림없었다.

"긴급 무전을 받고 왔다. 대체 어찌 된 건가?"

말하자면 지원군이 한 발 늦게 온 것이다.

수만은 한숨을 내쉬며 지원군에게 사정을 설명했다.

하지만 다르게 생각해 보면 정체불명의 헬리콥터가 순순히 물러난 것도 늦게나마 지원군이 나타나서일 확률도 적지 않았다.

그렇게 생각하면 늦게나마 이렇게 와 준 게 큰 도움이 되었다고 할까. 비록 카리스를 놓쳤지만 지원군이 와 준 덕분에 사태는 그럭저럭 마무리가 된 것 같았다.

그러나 유석은 조금도 기분이 좋지가 못했다. 카리스가 사라진 쪽을 바라보며 유석이 중얼거렸다.

"죽여야 했다. 죽여야······."

다음에 만나면 결코 살려두지 않으리라.

유석은 굳게 결심했다.

29장
제우스

카리스가 정신을 차린 것은 정체불명의 헬리콥터에 태워
지고 얼마간 시간이 지난 뒤였다.

"…여긴?"

눈을 뜨고 중얼거리는 카리스를 향해 누군가 말을 걸었
다.

"정신이 듭니까?"

정중한 여자의 목소리였다.

의식이 또렷해진 카리스의 머릿속에 정신을 잃기 전의
일이 떠올랐다.

실험체와 그 일당의 계략에 속아 넘어가 알 수 없는 공격을 당하고, 포박을 당한 뒤 정신까지 잃어버리는 굴욕을 당했다. 그리고 다시 깨어났다.

그렇다면 이곳은…….

"죽일 놈들."

중얼거리며 전투 준비를 하는 카리스에게 여자가 다시 말했다.

"우리는 당신의 적이 아닙니다."

"…그걸 어떻게 믿지?"

지구 놈들이 자신을 농락하는 것이라 여긴 카리스의 눈빛은 조금도 달라지지 않았다.

여자는 카리스가 이렇게 나올 줄 예상한 듯 표정 하나 바꾸지 않고 말했다.

"우리는 제우스에서 왔습니다."

"제우스?"

제우스라면 카리스의 뒤를 봐주고 있는 그 '대기업'이라고 불리는 조직이 아닌가.

카리스는 자신에게 말을 건 여자를 자세히 살펴보기 시작했다.

빨간 포니테일 머리에 하얀 피부와 파란 눈.

지구에 온 뒤 대부분 황토색 피부와 검거나 갈색 눈을 한 인간들만 보아 온 카리스의 눈에는 꽤나 낯선 외모였다.

여자의 외모를 살핀 카리스는 지금 상황을 다시 생각해 보았다.

영악한 지구 놈들이 어떻게 자신과 제우스라는 조직의 관계를 알아내어 그것을 이용해 자신을 농락하여 정보를 빼낼 가능성이 없지는 않은 것 같다.

반면에 정말 제우스에서 자신을 구한 것일 가능성도 충분했다.

카리스도, 제우스도 서로를 이용 대상으로만 여겼지만 분명한 것은 서로 간에 쓸모가 있다고 여겼기에 그런 관계를 맺었으니까.

"그래서, 제우스에서 나를 그놈들에게서 구했다는 말인가?"

"그렇습니다."

"네 이름은?"

"제 이름은 소니아입니다. 카리스 씨."

소니아라는 이름의 여자는 카리스의 하대에도 불구하고 예의를 갖추어 말했다.

이런 소니아의 태도는 어딘지 모르게 가식적이라는 생각이 들기도 했지만, 그래도 거짓말을 하는 것 같지는 않았다.

카리스는 고개를 돌려 주변을 둘러보았다.

창밖을 내다보니 지상 풍경이 장난감처럼 조그맣게 보이는 것이었다.

레넌 제국의 공중전함에 타본 적 있는 카리스였기에 지금 타고 있는 헬리콥터가 그렇게 신기하게는 느껴지지 않았다.

오히려 타타타타 하는 로터 돌아가는 소리와 약간의 진동이 거슬렸다.

'공중전함은 이런 소음이나 진동이 없는데… 그럼 이 지구에서 무언가를 띄우는 기술은 우리 세계보다 떨어지는 건가? 아니, 우리가 공격을 받았을 때 그 끔찍한 물건들을 생각하면…….'

생각에 잠긴 카리스에게 소니아가 말을 걸었다.

"카리스 씨."

"그래, 말해봐라."

"우리 제우스 그룹에서는 당신의 노고에 감사하고 있습니다. 당신이 보내준 각종 데이터는 우리들의 연구에 큰 힘이 되었습니다."

"데이터?"

낯선 용어였지만 저들이 무슨 이야기를 하는지는 파악할 수 있었다.

본래 카리스는 봉사정신을 가지고 그 림진재라는 녀석과 손을 잡은 게 아니었다.

그 림진재 일당이 가진 정보를 빼내 제우스에 넘겨 달라는 의뢰를 받고 간 것이었다.

카리스는 림진재를 위해 일하면서도 틈틈이 그들이 가진 정보를 빼내 제우스에 넘겨오고는 했다.

마법을 이용해 눈속임을 한 뒤 제우스에서 가르쳐 준 대로 실행하면 되는 일이었기에 그렇게 어렵지는 않았다.

그 일들이 지금 소니아가 말하는 '데이터'와 큰 관련이 있는 게 분명했다.

"그래서, 그 데이터라는 것을 빼준 대가로 날 구해주었다는 말인가?"

"그게 전부는 아니지만, 그것도 이유 중 하나이기는 하지요."

"다른 이유는?"

"말하자면 당신이 아직 쓸모가 있는 존재이기 때문입니다."

겉만 번지르르한 이야기보다는 차라리 이렇게 노골적으로 이야기하는 것이 카리스의 입장에서는 듣기 편했다.

"그것참 영광이로군."

대답과 함께 무언가 다른 이야기를 꺼내려던 카리스는

헬리콥터 고도가 천천히 낮아지고 있다는 사실을 깨달았다.

바깥을 보니 멀지 않은 곳에 바다가 보였다.

"지금 어디로 가는 거지?"

"일단 안전한 곳으로 이동해야지요. 한반도는 한국 정부뿐만 아니라 세계 각국의 주목을 받고 있는 곳. 헬리콥터로는 도망치는 데 한계가 있으니까."

곧 헬리콥터는 착륙했다.

헬리콥터에서 내린 카리스는 헬리콥터 두 대가 모두 착륙하고 사람들이 모두 내리는 것을 보았다.

열 명 정도 되는 사람들은 흑인, 백인, 황인까지 다양한 인종들이 섞여 있었다.

공통점이라면 모두들 총을 들고 눈빛이 날카로운 게 전투에 능하게 생겼다는 점이었다.

나온 사람들을 확인한 소니아는 가볍게 손짓을 하며 말했다.

"물러서시죠."

모두들 헬리콥터에서 물러서는 가운데 영문을 모르는 카리스도 그들을 따라했다.

그렇게 모두 헬리콥터에서 떨어지자 소니아는 주머니에서 작은 스위치를 꺼내 눌렀다.

쾅!

굉음과 함께 두 헬리콥터가 폭발했다.

설마 자신들이 타고 온 헬리콥터를 폭파시킬 것이라고는 예상치 못한 카리스가 조금 놀란 눈을 했다.

"이럴 줄은 몰랐군."

"증거를 남겨 봐야 좋은 게 없으니까요."

그러면서 소니아는 카리스와 눈을 맞추며 의미심장하게 말했다.

"우리 제우스 그룹은 당신의 신병을 확보하기 위해 상당한 대가를 치렀습니다. 지금 날린 헬리콥터 두 대만 해도 굉장한 돈이지요."

"그래서?"

"우리가 치른 값만큼의 일을 해주셔야겠습니다."

'역시, 그런 것인가.'

카리스는 속으로 중얼거리며 생각했다. 이렇게 요란하게 까지 일을 벌이며 자신을 구했다면 그만큼 자신에게 기대하는 게 크다는 뜻.

'그렇다면…… 지금은 그 기대에 부응해 주지.'

어차피 지금 상황에서 하나뿐인 카리스의 목적을 이루려면 도와줄 존재가 반드시 필요했다.

그렇다면 일단은 이 제우스 그룹이라는 곳과 협력하며,

비위도 맞춰 주면서 기회를 노리는 것이다.

"알겠다. 받은 은혜는 갚겠다."

카리스의 말에 소니아가 표정 없는 얼굴로 말했다.

"그럼 잘 부탁합니다."

이윽고 소니아는 카리스를 해안가로 데려갔다.

그런데 주변에는 인적도 없고 배나 다른 교통수단 같은 것도 보이지 않았다.

대체 어쩌려는 생각인가.

의아해하던 카리스는 문득 눈앞 바다에 부자연스럽게 물결이 이는 것을 발견했다.

잠시 후, 바닷속에서 고래처럼 둥그스름하게 생긴 거대한 무언가가 튀어 나왔다.

처음에는 정말 고래, 혹은 바다에 사는 거대한 몬스터인 줄 안 카리스였지만 자세히 보니 그렇지는 않은 것 같았다.

아무리 봐도 살아 있는 무언가가 아니라 인공물이었다.

"저건?"

"잠수함입니다."

소니아의 대답에 카리스가 고개를 갸웃거렸다.

"잠수함?"

다른 차원에서 왔다는 카리스의 처지를 들은 듯, 소니아는 싫은 기색도 없이 친절히 설명해 주었다.

"깊은 바닷속에서 항해할 수 있는 배입니다."

"그런가."

확실히 이 지구라는 차원의 녀석들이 온갖 비상식적인 무기를 보유하고 있기는 하지만 설마 넓고 깊은 바닷속을 속속들이 파헤칠 수 있는 능력까지는 없을 것이다.

그렇게 생각하면 저 잠수함이라는 배야말로 적에게서 숨거나 도망치는 데 최선의 수단이라 할 수 있을 것 같았다. 실제로도 그러했고 말이다.

"제우스에서 비밀리에 제조한 특수 잠수함입니다. 이것이면 한국 해군의 눈을 피해 목적지까지 이동할 수 있습니다."

"알겠다.

카리스는 소니아의 안내에 따라 잠수함에 올라탔다.

헬리콥터에서 내린 모두를 태운 잠수함은 곧 바다 깊은 곳으로 잠수했다.

*　　*　　*

"대퇴부 근육과 혈관이 잘린 중상이 며칠만에 이렇게 회복되다니. 자네는 정말 의학계의 신비야."

현성의 호들갑을 들으며 유석은 벗었던 옷을 도로 챙겨

입었다.

허벅지에 칼을 맞는 부상을 입고 돌아온 유석은 현성을 비롯한 의료진의 치료를 받고 며칠 만에 완치는 아니라도 몸을 움직이는 데 큰 지장이 없는 수준까지 회복할 수 있었다.

옷을 다 입은 유석은 현성에게 물었다.

"다시 업무에 복귀해도 되겠습니까?"

"업무? 총질 하는 것 말인가?"

"총질을 할지는 모르겠고, 아무튼 외근 말입니다."

"음……. 자네 스스로도 알고 있겠지만 상처는 상당히 나았네. 자네의 체력과 회복력을 감안하면 당장 밖에 나다녀도 그렇게 무리는 없을 거야. 물론 의사의 입장에서는 다 나을 때까지 쉴 것을 권하네만."

"큰 문제는 없다고요. 알겠습니다."

의사의 입장에서 하는 권고는 깔끔하게 무시해 주며 유석은 현성과 헤어졌다.

그리고 과거 림진재 체포팀에서 이제는 카리스 체포팀으로 개명한 자신의 일터로 돌아갔다.

"아니, 유석 씨. 벌써 다 나았어요?"

"일해도 좋다기에 나왔습니다."

"거참, 정말 대단한 몸이라니까."

동료들의 감탄 어린 시선을 받으며 유석은 현재 일이 어떻게 돌아가는지 알아보기 시작했다.

카리스를 놓친 지 오늘로써 사흘.

카리스를 놓친 당일에 어느 해안 지역에서 카리스와 그를 데려간 자들이 타고 온 헬리콥터의 잔해가 발견되었다.

하지만 사람은 아무도 없었고 헬리콥터도 폭파되어 별다른 증거 같은 것은 찾아내지 못했다.

이후 계속 카리스와 그를 데려간 자들의 행방을 쫓고 있지만 별다른 소득이 없다.

이런 현 상황을 파악한 유석은 자기도 모르게 주먹을 불끈 쥐었다.

"빌어먹을……!"

그러던 중 유석은 누군가 다가오는 기척을 느끼고는 시선을 돌렸다.

다가온 것은 은아였다. 어딘가에 외근을 나갔다 이제 돌아오는 길인 모양이었다.

"뭐야, 벌써 복귀야?"

은아가 놀람 반 걱정 반 표정으로 물었다.

"그래."

대답한 유석의 나지막한 목소리에서 불편한 심기를 읽은 은아가 한숨을 쉬며 말했다.

"카리스 때문에 그러지?"

"맞아. 그런데 카리스에 대한 건 여기 나온 정보 그대로 인 거야?"

"지금은 그래. 녀석들이 아마 잠수함을 타고 도망친 모양 인데 이후로는 행방을 찾지 못하고 있어. 사실 잠수함을 타 고 도망쳤다고 해도 해군이 잠만 자는 게 아닌 이상 웬만하 면 찾거나 흔적이라도 잡을 수 있을 건데 아직은 그런 게 없어."

"그렇다면 놈들이 웬만한 정도가 아니라고?"

"헬기와 잠수함을 타고 우리들의 눈을 피해 숨거나 도망 칠 정도의 장비와 인력을 동원할 정도면 정말 보통 놈들은 아닐 거야. 옛 북한 출신의 테러리스트 같은 놈들보다도 더 거물이 아닐까, 그렇게 생각하고 있어."

림진재 일당도 충분히 골칫거리였다. 그런데 그들을 능 가하는 거물이 개입되었을지도 모른다니.

고심하던 유석은 문득 림진재 일당이 강탈했던 물건에 생각이 미쳤다.

"그러고 보니 고준위 폐기물은?"

"아아, 다행히 문제없어. 이참에 두 번 다시 이런 일을 겪 지 않도록 경비를 더욱 철저히 하기로 했고."

"방사능 지옥은 걱정 안 해도 된다는 말이군."

"그래, 이제 카리스 일만 걱정하면 돼."

이야기를 나누던 유석은 또 다른 인기척을 느끼고는 시선을 돌렸다.

나타난 것은 제임스였다.

"벌써 퇴원한 거요?"

제임스는 언제 들어도 놀라울 만큼 유창한 한국말로 물어왔다.

유석이 고개를 끄덕이자 제임스가 다시 말했다.

"그런 부상을 입었는데 벌써 회복되었다니 정말 대단한 신체능력이군."

"나한테 무슨 용무 있습니까?"

"할 이야기가 있소."

유석은 그런 제임스에게 말해보라는 듯 가만히 있었다.

그러나 제임스는 입을 여는 대신 은아를 바라보는 것이었다.

유석은 제임스의 제스처가 무슨 의미인지 알아보았다.

"나와 단둘이서 이야기를 하자고요?"

"그렇소."

제임스는 대한민국 정부가 아니라 미국에서 파견된 요원이라 수만, 심지어 전민수 팀장이나 그보다 높은 사람이라도 함부로 대할 수 없는 위치에 있었다.

그런 제임스가 실력은 둘째치고 지위는 임시 요원 정도
에 지나지 않는 유석과 단둘이 이야기를 하고 싶다니. 가볍
게 넘길 만한 일은 아니었다.

유석은 은아에게 말했다.

"잠시 다녀오지."

"알았어."

곧 유석과 제임스는 밖으로 나갔다. 단둘만 남게 되자 제
임스가 입을 열었다.

"그 다른 차원의 인간을 그렇게 빼앗긴 것은 우리 입장에
서도 상당히 당혹스러운 일이오."

다른 차원의 인간. 물론 카리스를 일컫는 말이다. 그렇게
제임스가 운을 떼우자 유석도 말했다.

"나는 당신들이 고준위폐기물을 회수하거나 림진재 그놈
을 잡으려고 우리와 일하는 것인 줄 알았는데."

"물론 그것도 한 이유였소. 한반도에 방사능이 뿌려지면
우리나라 입장에서도 좋을 건 없으니까. 하지만 고준위폐
기물은 회수했고 림진재는 죽었소. 그가 죽은 이상 북한 잔
당들은 더 이상 예전만큼 위협이 되지 못할 것이오."

"그래서 이제는 당신들도 카리스를 쫓겠다?"

"그렇소."

"그럼 당신들은 애당초 카리스를 노리고 온 것이 아니요?"

다른 차원의 존재.

그들이 가지고 있는 온갖 새로운 문물들. 그것을 노릴 수 있는 위치에 선 자라면 그것을 가지고 싶어 하는 것은 인지상정일 것이다.

또 세계 최강대국인 미국 입장에서 그것을 노릴 수도, 가지고 싶어 하는 것도 당연한 일이다.

그렇다면 미국에서 이렇게 요원들을 보낸 이유가 납득이 갔다.

유석의 추궁 어린 시선을 받은 제임스는 어깨를 으쓱였다.

"부정하지 않겠소."

"그럼 그런 말을 내게 하는 이유는 뭐지요?"

"바로 말하겠소. 이번 카리스 사건은 그저 한국 정부를 적대하거나 혹은 우리 미국 정부를 적대하는 자의 소행이 아니오. 말하자면 레넌 제국이라는 다른 차원에 대해 노리는 자. 그들의 소행이 틀림없소."

"그야 그렇겠지요."

"아직 확실한 갈피는 잡지 못했지만 그래도 용의자는 몇 있소. 모두들 돈과 권력을 가진데다가 위험한 녀석들이지. 그런 자들에게 다른 차원의 문물이 넘어가면 아마 재앙이 닥칠지도 모르오."

"그래서?"

"우리와 같이 일하지 않겠소?"

유석은 제임스가 지금 무슨 소리를 하는지 제대로 알아
듣지 못했다.

지금도 같이 일하는 중이 아닌가 말이다.

하지만 조금 생각해 보니 제임스의 말에 담긴 본의가 짐
작이 갔다.

국정원 요원으로서 협력하자는 게 아니라, 말 그대로 동
료가 되자는 말이다.

"나더러 국정원을 나와 당신들과 같은 편이 되라고?"

"말하자면 그렇소."

"그런 말을 듣게 될 줄은 몰랐는데. 원래 미국에서는 남
의 나라 요원에게 그런 식으로 스카우트 제의를 하고 그러
나요?"

"그렇지 않소. 내가, 아니, 미국 정부가 이런 제의를 하는
것은 그만큼 당신이 특별한 존재이기 때문이오."

"특별한 존재? 이 내가?"

"당신은 다른 차원에서 온 자들에 의해 무언가 현대과학
으로는 불가사의에 가까운 힘을 얻은 존재가 아니오."

당연하게도 유석이 제임스에게 자신의 상황을 알린 적은
없다.

상층부에서 제임스에게 가르쳐 준 것도 아닐 것이다.

그런데 제임스는 유석에 대해 상당히 많이 알고 있다.

분명 무언가 국정원에서 알면 좋아하지 않을 방식으로 빼낸 정보가 틀림없었다.

그런 사실까지 입 밖에 내는 제임스의 진의가 무엇인지, 유석으로서는 아직 알 수가 없었다.

"지금 그런 말을 해서 어쩌자는 것이지요?"

유석의 추궁에도 제임스는 감정을 드러내지 않고 말했다.

"사실을 말한 것뿐이오. 당신이라는 존재는 이미 한국뿐만이 아니라 우리 미국에서도 충분히 주시할 만한 존재가 되었다는 것. 그리고 미국과 한국이 전부가 아닐 것이오. 당신의 존재를 아는 국가치고 당신을 탐내지 않는 자는 없겠지. 당신의 처지가 그렇다는 것을 일깨워 주려는 것이오."

"그러니까 여러 나라에서 나를 노리고 있으니까 이왕이면 미국 정부에 붙어라. 이 말이군요."

유석은 일부러 노골적인 말투로 이야기했다. 제임스의 진의를 파악하기 위함이었다.

이런 말투에도 불구하고 제임스는 고개를 끄덕일 뿐이었다.

"말하자면 그렇소."

"……."

예상치 못한 미국에서의 스카우트 제의.

특별하게 애국심을 가지고 국정원에 들어온 게 아닌 유석이었기에 마음이 조금도 흔들리지 않는다면 거짓말이었다.

유석의 마음이 흔들리는 것을 알았는지 제임스는 은근한 목소리로 권유해 왔다.

"이미 고준위 폐기물은 회수되었고 림진재도 죽었소. 그것만으로도 당신은 국정원에 해줄 만큼 해준 셈이지. 이제 우리와 함께 일해 보지 않겠소?"

"…당신들과 일을 하면 내가 얻는 것은?"

"우리 미국의 과학 기술은 한국에 비해 월등하오. 당신 몸의 비밀, 그 마법이라는 힘, 그 외의 레넌 제국에 대한 온갖 문물들도 우리나라의 주도하에서는 훨씬 제대로 알아내고, 또 발전시킬 수 있지."

"……."

"아마 한국 정부에서는 레넌 제국에 대한 모든 것을 자신들이 독점하려고 할 것이오. 물론 그럴 만한 자격은 있겠지. 다른 차원의 공격을 받은 것도, 물리친 것도 한국이니까. 하지만 한국의 역량으로는 그것들을 독점한다고 해도 제대로 활용하기는 어려울 것이오. 그러니 당신에게 협력을 부탁하는 것이오. 우리나라와 협력을 해준다면 당신 자신도 지금보다 훨씬 큰 이득을 얻게 될 것이며 인류를 위해서도 훨씬 좋은 결과가 나올 테니까."

이제는 인류라는 표현까지 쓰면서 나를 설득하려는 것인가.

속으로 중얼거리는 유석은 자기도 모르게 나오는 쓴웃음을 감추느라 애를 써야 했다.

너무 거창해서 유치하게까지 느껴지는 제임스의 이야기였다.

하지만 그 자체로 생각해 보면 구미가 당기는 것은 사실이었다.

명실공히 세계 최강대국인 미국에서의 스카우트 제의.

분명 금전적인 이득이나 과학적인 지원 같은 것은 지금처럼 국정원 아래에 있는 것보다 훨씬 좋아질 것이다.

이미 국정원에서 여러 차례 목숨을 걸고 일을 해왔고, 수많은 공적을 쌓은 유석이었기에 지금 떠난다고 해도 배은망덕이나 매정한 인간이 되는 것 같지도 않았다.

문제는 미국에서 원하는 것을 제대로 줄 수 있느냐이다.

진정 유석이 원하는 것. 그것은 바로 레넌 제국에 대한 제대로 된 복수.

과연 미국에서 그것을 유석에게 줄 수 있을까.

아마 지금 제임스를 통해서 그 대답을 받아내기는 어려울 것 같았다.

"생각해 보지요."

결국 유석은 대답을 유보하는 쪽을 택했다. 제임스도 그런 유석을 이해한 듯 고개를 끄덕였다.

"알겠소. 기다리겠소."

"그럼."

"그리고 알고 있겠지만 지금 나와 한 이야기는 비밀로 해주시오. 국정원이나 한국 정부에서 알게 되면 나나 당신이나 이로울 게 없을 테니까."

"명심하지요."

외부에서 온 은밀한 스카우트 제의는 웬만하면 바깥에 떠드는 법이 아니다.

사회생활을 해본 유석이기에 그 정도는 알고 있었다.

그렇게 제임스와 헤어진 유석은 자기 자리로 되돌아갔다.

그때껏 기다리고 있던 은아가 물어왔다.

"무슨 이야기를 한 거야?"

"대단한 이야기는 아니었어."

"정말?"

"그래."

유석은 태연함을 가장하며 말했다. 그런 유석을 빤히 바라보던 은아는 작게 한숨을 쉬며 말했다.

"뭐 네가 그렇다면 그런 것이겠지."

"……."

"아무튼 말이야. 웬만하면 너무 무리한 생각 같은 것은 하지 마."

의미심장한 말과 함께 은아는 자리에서 일어났다.

은아는 정말 아무것도 모르는 것일까.

은아가 눈치가 없는 편은 아니라는 것을 감안하면 그럴 가능성은 높지 않았다.

유석과 제임스가 나눈 자세한 이야기를 짐작하지는 못하더라도, 무언가 심상찮은 이야기를 나누었다는 것 정도는 짐작하고 있다고 보는 게 옳았다.

그렇게 은아가 사라지고, 유석은 고민에 빠져들었다.

미국의 스카우트 제의. 무언가를 짐작한 듯한 은아의 태도.

이제 앞으로 무슨 일들이 벌어질지 생각만 해도 머리가 아파올 지경이었다.

분명한 것은 모든 것의 열쇠를 쥔 것은 유석 본인이라는 사실이다. 우유부단하게 행동하면 죽도 밥도 안 된다.

"무언가 마음을 결정해야겠지만……."

우유부단하면 안 된다고 하지만 그것이 성급한 결론을 내려도 된다는 뜻은 아니다.

결정은 단호하게 내려야 하지만 그 결정에 이르는 과정은 심사숙고해야 한다.

고민을 거듭하던 유석은 끝내 마음을 정하지 못했다.

일단 유석은 다른 것을 알아보기로 하고는 휴대폰을 들었다.

"네, 민문영 씨. 지금 만날 수 있을까요?"

민문영.

바로 차원 이동 장치 프로젝트의 책임자였다.

*　　　*　　　*

차원 이동 장치. 레넌 제국에서 다른 차원인 지구로 넘어오게 해준 물건.

레넌 제국의 서울 침공이 참담한 실패로 끝난 이후 부서진 채로 운반된 차원 이동 장치는 비밀 연구소에서 연구 중이었다.

미리 연락을 취한 뒤 방문한 유석은 연구소의 손님으로서 정중히 안내되었다.

처음 이곳을 방문했을 때 연구에 도움을 준 덕인지 아무리 국정원 요원이라고 해도 쉽사리 볼 수 없는 차원 이동 장치의 관람도 허락되었다.

"저 사람이 그 사람인가?"

"맞아. 그 다른 차원 인간에게 그렇게 되었다는······."

"먹통이던 차원 이동 장치도 저 사람이 조금이나마 가동시키게 했다지?"

귀가 밝은 덕분에 연구소 사람들이 자기들끼리 수군거리는 이야기들이 고스란히 유석의 귀에 들어왔다

나는 어디서나 주목받는 존재가 된 것 같다고 속으로 중얼거리며 유석은 차원 이동 장치로 향했다.

차원 이동 장치는 여전히 많은 과학자와 장비에 둘러싸인 채였다.

예전과 달라진 게 있다면 어떻게 조립을 했는지 몇 조각이 나 있던 장치가 하나의 커다란 조각으로 합쳐져 있는 것 정도였다.

차원 이동 장치 근처에 놓인 컴퓨터를 조작하던 문영은 인기척을 못 느낀 듯 유석을 본 체도 하지 않았다.

그러다 옆에서 동료 과학자가 건드리며 무어라 말을 하자 그제야 유석을 돌아보는 것이었다.

"아, 오셨군요. 반갑습니다."

아마 문영은 차원 이동 장치를 연구하는 데 무진장 신경을 쓰고 있었던 모양이다.

유석은 문영에게 가볍게 인사하고는 입을 열었다.

"말씀드린 대로 연구가 어떻게 돌아가는지 궁금해서 찾아왔습니다. 제가 협조할 일이 있으면 협조도 하고 싶고요."

"그렇습니까. 잘 오셨습니다. 사실 여러 번 협조를 요청하고 싶었는데 나랏일이 바쁘다고 해서 말을 못 꺼냈었거든요."

문영은 유석을 굉장히 반겼다. 유석이 꼭 필요한 일이 있는 모양이었다.

"그래, 일단 지난번처럼 다시 한 번 해주시겠습니까?"

차원 이동 장치에 신체를 접촉시키는 일을 말하는 것이었다.

유석이 생각하기에 그 일을 하면 힘이 좀 빠지기는 하지만 그 외에 특별히 몸에 악영향을 끼치는 것 같지는 않다.

어려울 것 없다고 여긴 유석은 차원 이동 장치에 손을 가져다 댔다.

우우웅—

예전처럼 유석의 손에서 노란 빛이 은은하게 일렁이며 차원 이동 장치로 빨려 들어가기 시작했다.

"응?"

익숙한 느낌이었지만 유석은 무언가 위화감도 느꼈다.

몸에서 나온 빛이 차원 이동 장치로 빨려 들어가면서 힘도 같이 빨려 들어간다.

예전에도 겪은 일이라 그다지 놀라울 것은 없었지만, 지금은 그때와 다른 게 있었다.

힘이 빨려 들어가는 속도가 예전보다 빨라진 느낌이었던 것이다.

"읏!"

예상보다 급격한 힘의 감소에 유석은 놀라며 손을 뗐다.

"하아, 하아……."

잠깐 사이였는데도 불구하고 숨이 거칠어지고 이마에서 땀이 흘러내렸다.

그런 유석의 모습에 문영이 놀라 물었다.

"어떻게 된 겁니까?"

"나도 잘 모르겠군요. 그저 전보다 힘이 빠지는 속도가 훨씬 빨라진 것 같았습니다."

"그러니까 이 차원 이동 장치에서 당신의 힘을 흡수하는 속도가 빨라졌다?"

"말하자면 그렇지요."

"…잠시 좀 보고 오겠습니다."

유석에게 양해를 구한 문영은 차원 이동 장치를 둘러싼 장비들을 살피며 과학자들과 이야기를 나누었다.

호기심이 든 유석은 과학자들의 수군거림에 귀를 기울였다.

"아무래도 예전보다 흡수 작용이……."

"장치를 복구시킨 게 잘된 모양……."

"이로써 큰 진전……."

이쪽 분야의 지식이 부족한 유석이라 그런지 제대로 알아들을 수가 없었다.

과학자들과 이야기를 마친 문영이 유석에게 돌아와 말했다.

"좋은 소식을 하나 알려 드릴 수 있겠습니다."

"무엇이지요?"

"보다시피 차원 이동 장치는 우리들 나름대로 복구를 시킨 상태입니다. 하지만 이 복구가 올바르게 된 것인지는 알 수가 없었지요. 정말 제대로 복구를 시킨 건지, 아니면 그저 의미 없이 부서진 조각을 퍼즐 맞추기 한 것에 불과한 건지 몰랐다는 말입니다."

"그런데요?"

"지금 당신의 협조에서 나온 데이터를 보건대… 아무래도 우리가 의미 없는 퍼즐 맞추기를 한 건 아닌 것 같습

니다."

말하는 문영의 표정이 밝아진 만큼 유석의 기분도 좋아
졌다.

"성과가 있다는 말입니까?"

"네, 자세한 것은 좀 더 연구를 해야겠지만 아무래도 그
런 것 같습니다. 협조 감사합니다."

협조라고 해봐야 유석이 한 것이라고는 차원 이동 장치
에 손을 갖다 댄 것이 전부다.

그 정도로 이렇게 감사를 받자니 조금 쑥스럽기까지 했
다.

"별일 아닙니다. 그런데 전보다 힘이 빠르게 흡수된 것은
어째서 그랬지요?"

"글쎄요. 그 부분은 연구가 더 필요한 부분인 것 같습니
다. 다만 이 차원 이동 장치가 복구되면서 제대로 작동하려
면 예전보다 더 큰 힘이 필요해졌고, 때문에 당신 몸에 있
다는 그 마나라는 힘을 더 왕성하게 흡수하게 된 게 아닌가
싶습니다. 어디까지나 제 생각일 뿐이지만."

"음......."

일리가 있는 소리였다.

문영이 말했듯 아직은 추측에 불과한 이야기지만 말이
다.

생각하던 유석이 문득 말했다.

"그러면 저 차원 이동 장치라는 것을 고치면 고칠수록 많은 마나가 필요해질 것이다. 이렇게 생각할 수도 있겠군요."

"아마도 그럴 겁니다."

"그러면 내가 저것을 감당할 수 있을까요?"

차원 이동 장치를 움직이게 만드는 유일한 동력원이 유석의 몸에 내재된 마나다.

그러나 갈수록 많은 마나가 필요해진다면, 유석이 가진 것으로는 부족해질 것이 분명했다.

문영도 유석과 생각이 다르지 않았다.

"확실히 그게 문제입니다. 때문에 마나가 아닌, 다른 힘을 가지고 저 장치를 작동시키는 연구도 하고 있습니다."

"다른 힘이라면?"

"이 지구상에 흔한 에너지 말입니다. 전기라든가."

"전기로 저 차원 이동 장치를 작동시킨다?"

지구가 과학문명이라면 레넌 제국은 마법문명이다.

지구에 마법문명의 중심이라 할 만한 마나라는 것이 알려지지 않았던 것처럼 레넌 제국에도 과학문명의 중심이라 할 만한 전기라는 것은 알려지지 않았다.

완전히 다른 문명. 완전히 다른 힘. 과연 그 두 가지를 연결시키는 일이 가능할 것인가.

"가능할까요?"

유석의 질문에 문영이 어깨를 으쓱거렸다.

"연구를 해봐야 알 일입니다. 하지만 어디까지나 제 개인 적인 의견입니다만… 불가능한 것 같지는 않습니다."

문영의 눈빛과 표정은 꽤나 낙관적이었다.

최소한 본인은 자기가 하는 말이 가능하다고 믿고 있는 게 틀림없었다.

레넌 제국으로 통하는 유일한 통로라 할 수 있는 차원 이동 장치.

그것을 전기라는 이 세계의 문물로 가동시킬 수 있다면 그다음은 말 그대로 탄탄대로일 것이다.

"이것을 가동하게 되면 그다음은 어떻게 되는 겁니까?"

유석의 질문에 문영은 당연하다는 듯 고개를 끄덕이며 말했다.

"받은 만큼 돌려준다는 계획으로 알고 있습니다."

"그럼 레넌 제국을 공격한다?"

"거기까지는 모르겠군요. 하지만 아무런 명분도 없이 서울을 공격해 엄청난 피해를 입힌 레넌 제국을 가만히 놔두지는 않을 겁니다. 제대로 보상을 하지 않으면 보복도 감수한다. 이런 방침으로 알고 있습니다."

솔직히 말하자면 유석은 대한민국에서 레넌 제국을 침공해 멸망시키는 시나리오를 기대했다.

하지만 국정이라는 것이 그렇게 마음대로 되는 것은 아닐 터.

그것이 보복이든 무엇이든 아무튼 레넌 제국에 대해 제대로 대가를 치르게 하겠다는 방침을 가지고 있다는 것을 확인한 것만으로도 유석은 기뻤다.

"이제 그 카리스라는 사람만 있으면 정말 도움이 되겠는데."

기뻐하던 유석은 문영의 중얼거림에 정신이 번쩍 들었다.

"카리스요?"

"네, 레넌 제국 출신 포로들의 말에 따르면 그 카리스라는 사람이 이 차원 이동 장치에 대해 잘 알고 있다고 하더군요. 그가 가진 지식을 빼낼 수 있으면 정말 도움이 되지 않을까, 그렇게 생각하고 있었습니다. 사실 그가 잡혔다는 말을 듣고 기대가 컸었는데 일이 그렇게 되어버리는 바람에……."

유석은 무언가 일이 바람직하게 돌아가고 있다는 사실을 깨달았다.

그렇게 사라진 카리스를 다시 잡아다가 여기에 바치면

모든 일이 잘 풀릴 것 같기도 했다.

'그래. 카리스만 죽인다고 끝날 일이 아니다. 레넌 제국
이라는 놈들, 그놈들 자체를 부숴 버려야 해. 카리스 놈만
있다면 그것을 이룰 수 있을지도 몰라.'

생각을 마친 유석은 문영에게 말했다.

"제가 꼭 잡아드리겠습니다."

"그, 그래요? 알겠습니다."

유석의 두 눈에 타오르는 불길 탓인지 문영은 말을 더듬
었다.

그렇게 문영과의 면담을 마친 유석은 자신의 자리로 돌
아갔다.

유석으로서는 얻어낸 게 많은 면담이었다.

무엇보다 굳이 미국의 스카우트 제의를 받거나 하지 않
고 지금 있는 곳에서 임무에 충실해도 그토록 갈망하던 복
수를 할 수 있다는 희망이 생겼다.

아무래도 아직은 유석이 국정원을 떠날 타이밍은 아닌
모양이었다.

30장
새로운 적을 찾아서

"림진재 체포팀은 정식으로 탈주범 카리스 및 관련자 체포팀으로 바뀌었다.

팀원들도 그때껏 보금자리로 쓰고 있던 류경호텔을 떠나 서울로 돌아왔다.

카리스가 옛 북한 땅에 있다고 확인된 것도 아닐진대 군이 그 지역에 머무를 필요는 없기 때문이었다.

그렇게 서울로 돌아온 카리스 체포팀은 카리스의 행방을 쫓는 데 전력을 다했다. 그러나 큰 성과가 없었다.

"국내 어디에서도 카리스의 목격담이나 관련 정보 같은

것은 없어."

"혹시 외국으로 튄 거 아닐까요? 잠수함을 타고 도망친 것까지는 확인되지 않습니까. 그 길로 동해를 통해 어디로 튈 수도 있지 않습니까."

"우리나라 해군뿐만이 아니라 중국, 러시아, 일본 등에도 다 알아봤다. 그들이 발견했다는 정보도, 발견했지만 우리 측에는 숨기고 있다는 정보도 없어. 완전히 사라져 버린 것처럼."

이렇게 별다른 정보가 없었기에 심지어 잠수함을 타고 가다가 침몰해서 모두 바닷속 깊은 곳에 수장된 게 아닌가 하는 농담까지 나올 지경이었다.

그렇게 며칠이 지나고, 마침내 국정원 일각에서 잡을 만한 지푸라기가 하나 나왔다.

"기업들 중에서도 다른 차원의 문물을 노리는 자들이 있는 모양이다."

카리스 체포팀원들을 소집시킨 가운데 수만이 꺼낸 첫마디였다.

사실 그렇게 놀랄 이야기도 아니었다.

"그렇겠죠. 마법이라는 힘의 가능성을 생각하면. 당장 암 치료만 해도 제대로 되면 노벨상에 추가로 세계 최고 부자가 되는 것도 가능할 테니까요."

은아의 말이 다른 팀원 모두의 의견이기도 했다.

수만도 고개를 끄덕이며 말했다.

"그렇지. 그리고 그 밖에 수많은 분야에서 잘 만하면 말 그대로 혁명을 일으킬 수도 있다. 그러니 기업들 중에서 다른 차원의 문물에 군침을 흘리는 게 놀랄 일은 아니겠지."

다른 요원이 물었다.

"혹시 무언가 꼬리라도 잡았습니까?"

"꼬리… 라고 해야 할지 모르겠군. 다른 국가나 다른 기업들보다도 더 레넌 제국에 관심을 가지고 움직이고 있는 기업들에 대한 정보가 입수되었다."

"어디 어디 입니까?"

수만은 준비한 자료를 요원들에게 돌렸다.

제우스, 임페리얼, 오일러 등 기본 상식을 아는 사람이면 모두 알법한 유명 다국적 기업의 이름이 적혀 있었다.

그것들을 본 유석이 입을 열었다.

"이 기업들 중 한 곳이 이번 카리스 사건과 관련이 있다는 겁니까?"

"그럴 수도 있다는 것이지. 아직까지는 물증은커녕 뚜렷한 심증도 없는 추정에 불과하지만."

수만의 대답을 들은 유석은 다시 기업들의 이름을 살펴보았다.

여러 이름들 중 유난히 눈에 띄는 이름이 하나 있었다.

"제우스라면 분명⋯⋯."

제우스 그룹.

여기에 적힌 다국적 기업 중에서도 대한민국과 꽤 연이 깊은 곳이다.

통일 이후 황폐화된 북한 지역을 재건하는 사업에 웬만한 국내 대기업보다 적극적으로 개입하여 북한 재건의 일등 공신이라고 정부로부터 훈장까지 받았을 정도였다.

"그 제우스도 용의자인가."

이런 유석의 중얼거림에 옆에 있던 은아가 속삭였다.

"속 검은 놈들은 어딜 가나 있는 법이거든."

"확실히."

돈과 권력을 가진 평판 좋은 개인이나 단체가 알고 보니 속이 검은 사례는 셀 수도 없이 많다.

아무리 제우스 그룹이 통일 대한민국에 많은 도움을 준 곳이라고 해도 속으로는 다른 무언가를 꾸미고 있을 가능성이 0이라고는 할 수 없었다.

"아무튼 리스트에 뽑힌 기업들을 중점적으로 조사를 할 계획이다."

"알겠습니다."

이렇게 결론이 났지만 당장 카리스 체포팀원들에게 새로운 임무가 내려지는 것은 아니었다.

기업들을 조사하는 일단 국정원의 다른 요원들이 하는 일이었다.

며칠 후, 카리스 체포팀에 새로운 정보가 올라왔다.

조사를 벌인 기업들 중 한 곳에 무언가 수상한 점이 포착된 것이다.

"제우스?"

유석의 말에 은아가 대답했다.

"응. 알다시피 제우스는 북한 재건 사업에 깊이 관여하고 있거든. 다시 말해 북한에 연줄이 많다는 소리야. 거기에다 북한 재건 사업의 일환으로 북한 땅 이곳저곳에 자기들의 아지트를 건설해 놓았고.

"그것만으로 제우스가 이번 사건의 범인이라고 할 수는 없잖아."

"물론 그래. 다만 정황상 조금 더 그쪽에 무게가 실린다는 말이지."

"그래서 제우스를 조사하고 있어?"

"응. 그쪽을 좀 집중해서 조사하는 중인가 봐."

은아와 이야기를 나누면서도 유석의 시선은 모니터를 향해 있었다.

요즘은 직접 출동해 총질을 할 일은 없으니 카리스 체포 팀원들 대부분은 데스크 업무를 하는 중이었다.

유석도 예전에 직장 경험도 있고 머리가 나쁜 편이 아니었는지라 이쪽 업무에도 금방 익숙해질 수 있었다.

"제우스든 뭐든 빨리 카리스의 행방을 찾아야 하는데."

"뭐 그게 그렇게 쉽겠어? 조사해서 뭔가 나올 때까지 기다리는 수밖에."

이야기를 나누던 유석과 은아는 동시에 모니터에 뜬 메신저 화면을 보았다.

수만에서의 긴급 소집령이었다.

급히 회의실로 달려간 유석과 은아는 심각한 표정을 짓고 있는 수만을 보고는 무언가 일이 생겼다는 사실을 직감했다.

"무슨 일입니까?"

유석이 묻자 수만은 여전히 심각한 표정으로 대답했다.

"제우스를 조사하던 우리 측 요원들이 사망했다."

"사망이요?"

"그래, 그것도 세 명이 조사를 하고 있었는데 세 명 다."

유석도, 은아도 놀라움을 감추지 못했다.

*   *   *

최경민. 다국적 기업 제우스의 간부이자 한국 지사장도 겸하고 있는 남자다.

그는 막 올라온 보고를 받고는 입꼬리를 스윽 올리며 말했다.

"모두 처리했다고?"

"네, 지사장님."

"알았다."

보고를 다 받은 경민은 홀로 중얼거렸다.

"냄새를 맡은 개들을 모조리 쓸어버렸다라… 나쁠 건 없지."

그런 경민의 귀에 노크소리가 들려왔다.

똑. 똑.

약간의 텀을 둔 나지막한 노크 소리.

이 특유의 노크 소리 만으로도 상대가 누군지 알 수 있었다.

"들어와."

경민의 집무실에 들어온 것은 예상대로 경민의 비서인

세영이었다.

세영은 경민에게 가볍게 목례를 한 뒤 말을 꺼냈다.

"임무가 완수되었다는 보고가 올라왔습니다."

"나도 방금 들었다. 세 놈인가 모두 처리했다지?"

"네, 일단은 성공했습니다."

말투로 보건대 세영은 무언가 하고 싶은 말이 있는 것 같았다.

경민은 가볍게 턱짓을 하며 말해보라고 허락했다.

허락을 받은 세영이 말했다.

"아무래도 너무 과격한 방식이었던 것 같습니다."

"과격해? 뭐가? 우리 뒤꽁무니에 붙은 국정원 요원인지 뭔지 하는 것들을 모두 처리한 거?"

"이렇게 과격하게 나갔으니 저쪽에서도 이제 우리를 의심하기 시작할 겁니다. 잘못하면 그 카리스라는 사람을 빼돌린 게 우리라는 사실까지 밝혀질지 모릅니다."

"그럴지도 모르지. 그런데 그게 그렇게 큰 상관이 있나?"

"네?"

자칫하면 최소 국정원이라는 국가 기관을 상대로 싸워야 하게 될 일이다.

심하면 국정원을 넘어 대한민국이라는 국가와 싸우게 될

지도 모른다.

아무리 대한민국이 통일 이후 경제난에 사회적 문제까지 여러 가지로 혼란스럽다지만 그럼에도 불구하고 세계적인 경제, 군사 강국이라는 것은 분명하다.

그런 대한민국과 싸우게 될지도 모르는 상황인데 그게 그렇게 큰 상관이 있냐니.

이건 용기가 아니라 만용으로 받아들여도 이상할 게 없는 발언이었다.

특별히 믿는 구석이 있지 않는 한은.

"한국 정부와 싸울 생각이십니까?"

"필요하다면. 명색이 선전포고를 했다면 그 정도까지는 각오를 해야 하지 않겠나."

선전포고.

국정원 요원들을 교통사고나 기타 사고로 위장해 살해한 것을 가리키는 게 분명했다.

설마 그것이 단순히 귀찮은 존재를 없애는 게 아니라 선전포고의 의미까지 부여되어 있었다니.

그럴 것이라고는 예상치 못한 세영은 조금 당혹스러워했다.

"아무리 그래도 한국 정부를 적으로 삼는 건 어렵지 않습니까?"

"처음부터 다 각오한 일이야. 애초에 북한 세력과 손을 잡고 국정원 기지를 공격했을 때부터 한국 정부와 한 판 할 각오를 했지. 그리고 이건 나 혼자서 독단적으로 처리하는 게 아니다. 본사의 회장님을 비롯하여 주요 인사들 역시 나와 비슷한 방침을 가지고 있어."

"한국과 전쟁이라도 벌인다고요?"

"전쟁이라, 필요하다면 그것도 감수해야 할지도."

"……."

"자네는 하이 리스크, 하이 리턴이라는 말도 모르나? 큰 이득을 올리려면 어느 정도 위험은 감수를 해야 하는 거야. 그 위험이 조국과 적대하는 행위가 될지라도 말이야."

"……."

"하지만 나는, 그리고 본사에서는 충분히 우리가 이길 것이라고 생각하고 있어. 설사 한국 정부에서 모든 사실을 알게 되어 우리한테 덤비게 되더라도 말이야. 그러려면 상당히 오랜 시간이 걸릴 것이고, 그전에 지금 진행 중인 모든 연구가 끝나겠지."

"그 연구 말인가요."

"그래, 그것만 완성이 된다면 한국 정부 따위를 무서워할 필요가 있겠나? 연구 과정에서 발생한 문제들은 죄다 증거

인멸을 시켜 버리면 그만이고."

경민이 무슨 소리를 하는 것인지 세영은 잘 알고 있었다.

또 경민이, 그리고 제우스 본사의 높으신 분들이 이런 강경책을 쓰는 것을 감수하는 것도 충분히 이해할 수 있었다.

사실 경민의 말대로 북한의 잔당 세력과 손을 잡았을 때부터 회사 차원에서 한국 정부와 한판 붙을 각오는 했던 것이다.

이제 와서 물러선다면 죽도 밥도 안 될 테니 위험을 감수하고 끝까지 가려고 하는 것도 납득이 갔다.

실패한다면 모를까 성공만 한다면 그 열매는 더할 나위 없이 달콤할 테니까.

그럼에도 일말의 불안감을 감추지 못하는 듯한 세영에게 경민은 못을 박았다.

"이미 주사위는 던져졌다. 너나 나나, 아니, 우리 제우스 그룹 전체가 이미 돌아갈 수 없는 강을 건넌 것이야. 남은 길은 두 가지뿐이다. 미래를 우리가 휘어잡거나, 다 같이 망하거나. 내 말 알아듣겠나?"

"명심하겠습니다."

세영의 대답을 들은 경민은 말을 돌렸다.

"그래, 카리스라는 그자는 안전한 곳에 옮겼나?"

"네, 바깥출입을 철저히 통제하고 있습니다."

"얌전하게 굴고?"

"그자도 지금 밖에 나가면 자기 목숨이 위태로운 것은 알고 있으니 당분간은 얌전할 것 같습니다."

그 말을 들은 경민의 눈이 문득 반짝였다.

"목걸이는?"

"채웠습니다."

"그래, 그래야지. 마법이라는 힘을 쓰는 다른 차원의 존재라면 그 정도 조치는 취해 놔야지."

"……."

"방심할 수 없는 놈이야. 그 카리스라는 놈. 비록 지금은 얌전히 있지만 나름대로 제 속셈을 채우려고 머리를 굴리는 중일 거야. 아마 림진재 패거리와 같이 있을 때도 그런 식으로 행동했겠지. 하지만 이 제우스 그룹을 그까짓 빨갱이 무리들과 같이 본다면 크게 후회하게 될 거야."

"앞으로도 카리스에 대한 감시는 게을리하지 않겠습니다."

"그래, 사람이든 기계든 양쪽을 모두 활용해서 철저히 감시해. 그리고 우리를 거스르면……."

경민은 엄지로 자신의 목을 그어 보였다.

"이렇게 된 다는 것도 알려 주고."

"네."

그렇게 세영은 물러갔다.

홀로 남은 경민은 앉은 채로 기지개를 켜며 중얼거렸다.

"살려두면 앞으로 귀찮게 될 녀석들도 미리미리 제거하는 게 좋을까……."

그런 경민의 머릿속에는 어느새 제거 예정자들의 리스트가 정리되기 시작했다.

대부분 카리스의 일에 개입한 국정원 요원들이었다.

* * *

국정원 회의실.

긴급회의에 소집된 카리스 체포팀원들을 둘러본 수만이 천천히 입을 열었다.

"알고 있는 사람도 많겠지만… 제우스 그룹을 조사하러 파견된 우리 측 요원 세 명이 모두 사망했다."

알고 있는 사람이 많은 정도가 아니라 여기 모인 팀원 모두가 알고 있는 소식이었다.

새삼 크게 놀라는 사람은 없었지만, 다시 들어도 꽤나 충격적인 소식이기는 했다.

"타살입니까?"

한 요원의 질문에 수만이 고개를 끄덕였다.

"한 명은 정체불명의 차량에 의한 교통사고, 한 명은 원인불명의 추락사, 한 명은 강도살인. 이 모든 것이 우연일 확률이 얼마나 될 것이라고 생각하나? 하필 제우스를 조사하던 요원 전원이 비슷한 때에 모두 의문의 타살을 당할 확률 말이다."

아마도 확률이 높지는 않을 것이다.

누군가가 음모를 꾸미고 직접 개입하여 일으킨 사건일 확률이 훨씬 높았다.

그렇다면 그 누군가의 정체는?

사망한 요원들이 모두 제우스를 조사하고 있었다는 공통점이 있으니 1순위 용의자는 너무나도 뻔했다.

"역시 제우스에서 손을 써서 우리 요원들을 살해했다. 이런 말씀이십니까?"

모인 팀원들의 의견을 대변하듯 유석이 말했다.

수만이 다시 고개를 끄덕였다.

"지금 정황상으로는 그렇게 보는 게 옳겠지."

그러자 다른 요원이 의문 어린 표정으로 말했다.

"하지만 이상하지 않습니까? 제우스 정도 되는 기업에서 이렇게 무식하고 무자비한 방법으로 일을 처리하다니. 이건 마치 자기들이 수상한 녀석들이라고 광고를 하는 꼴이 아닙니까."

일리가 있는 소리였다.

상대가 테러리스트나 국제 범죄조직이라면 모를까, 제우스는 세계적인 규모의 다국적 기업이 아닌가.

그런 곳에서 일을 이렇게 무식하고 무자비하게 하는 것은 쉽사리 납득하기 어려운 일이었다.

대기업이라도 부정한 일은 얼마든지 저지를 수 있겠지만 그렇다면 좀 더 세련되고 은밀한 방법을 쓰는 게 상식적인 일일 터.

이건 무엇보다 너무 눈에 띄었다.

따라서 이런 의견이 나오는 것도 당연한 일이었다.

"혹시 우리 정부와 제우스를 이간질하려는 자의 소행이 아닐까요?"

"이간질?"

"네, 제우스는 북한 재건 사업에도 크게 관여하고 있고 우리나라와 여러모로 연이 깊지 않습니까. 미국에 있는 본사 다음으로 큰 데다가 한국지사라는 말까지 있으니까요. 그런 제우스와 우리 정부의 사이를 이간질시키기 위해 그들의 짓인 것처럼 손을 써서……."

"불가능한 이야기는 아니지."

이 요원의 의견은 수만도 비슷하게 생각해 본 적 있었다.

사실 확인하고 싶었지만 그렇다고 제우스에게 너희가 국정원 요원 세 명을 사고를 가장해 죽였냐고 물을 수는 없기에 지금은 잠자코 있을 뿐이었다.

제우스가 요원들을 죽인 게 아니라 한국 정부와 제우스를 이간질시키려는 음모다.

이 의견에 동의하거나 그럴듯하게 여기는 요원들이 여럿 있었다.

그러나 모두 그런 것은 아니었다. 반대를 하는 사람도 있었다.

"지는 그런 복잡한 이야기가 아니라 그냥 제우스의 소행일 가능성이 높다고 생각해요."

은아였다. 모두의 시선을 받으며 은아는 말했다.

"우리도 정보 관리를 나름대로 철저히 했잖아요. 뭐 그렇게 해도 미국 녀석들이 우리 측 정보를 빼낸 것처럼 빠질 건 빠지게 되어 있지만, 그게 그렇게 쉽지는 않을 거라는 말이죠."

"그래서?"

"힘들게 그 정보를 빼내고, 그 정보를 이용해 또 힘들게 제우스와 우리 정부를 이간질한다. 그렇게까지 복잡한 일을 벌이려는 조직이나 국가가 있을까요? 그보다 더 손쉽고 건설적인 수단이 얼마든지 있을 것 같은데요. 따라서 그런 복잡한 이야기가 아니라 그냥 제우스 녀석들이 우리 측 요원들에게 손을 댄 거다. 이렇게 생각합니다."

은아의 말에 동의하는 요원들도 적지 않았다.

유석도 은아의 말이 그럴듯하다고 여기면서도 한편으로는 의문도 들었다.

"그러면 그 제우스 그룹에서 카리스를 빼내고 이런 일까지 저질렀다는 것인데……."

그 유명한 다국적 기업 제우스에서 대체 무슨 이유로 이런 일을 저지른다는 말인가.

국정원, 아니, 한국 정부와 적대하면서까지 마법으로 대표되는 다른 차원의 문물을 손에 넣고 싶어 하는 걸까?

은아의 말대로라면 제우스가 왜 이렇게까지 하는 것인지 유석으로서는 얼른 납득이 가지 않았다.

하지만 한 가지는 분명했다. 이게 정말 제우스가 한 짓이라면, 제우스는 적이다.

한편 수만은 쉽사리 결론을 내리지 않고 심사숙고하다가 말했다.

"지금으로서는 어느 쪽이 옳다고 판단하기가 어렵겠군.

아무튼 우리 측 요원들이 제우스를 조사하다가 그렇게 된 이상, 이제부터 우리는 제우스에 수사력을 집중시킨다. 정말 제우스의 짓이든, 또 다른 누군가의 짓이든 진실을 찾아내어 한 짓의 대가를 치르도록 한다. 알겠나?"

"알겠습니다."

모든 팀원들이 이구동성으로 대답했다.

비록 진실은 밝혀지지 않았지만, 이렇게 카리스 체포팀의 시선은 제우스를 향해 집중되었다.

*   *   *

카리스는 주변을 둘러보고는 작게 한숨을 내쉬었다.

꽤나 넓고 깨끗한데다 가구 같은 것도 다 갖춰진 방. 여러모로 지내기에는 불편함이 없는 곳이었다.

그러나 이 방 밖으로 나가는 것은 제한되어 있었다.

물론 완전히 감금된 것은 아니다. 하지만 카리스가 나가려고 할 때마다 감시원들이 따라 붙으니 사실상 반쯤 감금된 것이나 마찬가지였다.

문득 카리스는 방 벽에 붙은 거울을 쳐다보았다. 자신의 모습이 거울에 들어오자 카리스는 자기도 모르게 욕설을 뇌까렸다.

"빌어먹을."

얼굴 한쪽이 날아가 버린 비참한 몰골.

거기에다 목에는 족쇄처럼 생긴 검은 목걸이가 채워져 있었다.

카리스가 이런 괴상한 목걸이를 하게 된 데는 깊은 사연이 있었다.

제우스에 구함을 받은 뒤 잠수함에 탑승한 카리스는 무언가 약에 취해 정신을 잃었다.

그리고 깨어난 뒤에는 이 목걸이가 채워진 채였다.

"이게 뭐지?"

"그것은 폭탄 목걸이라고 합니다."

"폭탄……목걸이?"

"화약과 격발장치, 센서가 내장된 목걸이지요. 한마디로 우리 뜻대로 당신 목에서 폭발을 일으킬 수 있다. 이런 말입니다."

소니아라는 여자와의 대화는 지금 생각해도 화가 치미는 것이었다.

자기도 모르게 이 폭탄 목걸이라는 것을 차게 된 카리스는 당연히 기분이 좋지 않았다.

"뭐라고? 어째서 이런 것을?"

"보험이라고 할까요. 우리 제우스 그룹에서는 당신과 서로 간에 상부상조를 나누며 좋은 파트너 관계를 유지하기를 원합니다만, 그것이 무너질 경우를 대비한 보험 말입니다."

"그러면 내가 너희들 말을 듣지 않으면 내 머리를 날려 버리겠다. 이런 뜻이냐?"

"부정하지는 않겠습니다."

"네년!"

"우리 제우스 그룹에서도 그런 비극적인 결말이 나지 않도록 노력을 할 것입니다. 그러니 당신도 노력해 주십시오. 어떤 형태로든 비극적인 결말이 나오지 않도록."

소니아와의 폭탄 목걸이를 둘러싼 대화는 거기까지였다.

회상을 마친 카리스는 목걸이를 어루만지며 이를 악물었다.

정말 저들이 마음만 먹으면 이 목걸이가 폭발하여 머리를 날려 버릴까.

사실 레넌 제국에도 비슷한 물건이 있었다.

노예가 도망치거나 반란을 일으키는 일을 막기 위해 마법적으로 작동하여 노예의 목숨을 끊는 물건 말이다.

레넌 제국에도 존재했던 물건이니 이 저주받을 차원 녀석들이라고 비슷한 물건을 만들지 못할 이유는 없어 보였다.

그렇게 생각하면 이 목걸이가 정말인지 시험을 해보고
싶은 생각 같은 것은 조금도 들지 않았다.

'지금은 이 녀석들이 하자는 대로 따를 수밖에 없겠지.'

언젠가 뒤에서 칼을 꽂더라도 지금은 일단 순종하는 척
할 때였다.

카리스는 몸가짐을 조심해야겠다고 생각하며 자리에 앉
았다.

그렇게 얼마간 시간을 보내자 한 여자가 문을 열고 들어
왔다.

카리스에게도 낯이 익은 여자였다.

분명 이름이 세영이었던가.

제우스라는 조직의 간부급으로 보이던 경민이라는 남자
의 부하다.

"안녕하십니까."

예의 바르게 인사를 한 세영이 카리스의 맞은편에 앉았
다. 카리스도 입을 열었다.

"무슨 일이지?"

"한 가지 권해 드릴 일이 있어서 왔습니다."

"무엇을?"

"아시다시피 당신은 이 한국에서는 특급 레벨의 지명수
배자입니다. 물론 다른 나라에서도 당신의 존재를 모르는

것은 아니지만, 한국은 특히 당신을 찾는 데 혈안이 되어 있지요."

"그래서."

"일단 다른 나라로 가시는 게 어떻겠습니까? 아프리카나 동남아시아 쪽에 자리를 마련할 수 있습니다만."

아프리카, 동남아시아. 저것이 지명이라는 것은 카리스도 알아들을 수 있었다.

지금 카리스가 있는 한국이라는 나라에서 먼 곳이라는 사실도.

"이곳을 떠나라고?"

"권고사항입니다."

"거절한다."

카리스가 단호하게 말했다. 그럼에도 세영은 물러서지 않고 말했다.

"이동하는 중 위험을 걱정하신다면 그럴 필요는 없습니다. 우리 제우스 그룹의 힘으로 어떻게든 안전하고 은밀하게 당신을 외국으로……."

"그런 이유에서 거절한다는 게 아니다. 실험체가 이 나라에 있지 않나."

실험체가 유석이라는 이름의 국정원 임시 요원을 말하는 것이라는 사실은 세영도 알고 있었다.

카리스가 그 유석에게 집착하고 있다는 것도.

"당신과 그 국정원 요원의 관계는 잘 알고 있습니다. 하지만 지금은 그를 바로 손에 넣거나 하는 식으로 움직이기는 어렵습니다."

"그래서 나더러 도망치라고?"

"전략적인 후퇴라고 할 수 있겠지요."

카리스는 세영의 권고를 들은 척도 하지 않았다.

"너희는 나에게 이 목걸이까지 채워서 감시하고 있다. 그런 너희가 나 한 사람 숨겨줄 능력이 없다는 말인가? 다른 것은 몰라도 이곳을 떠나라는 요구는 받아들일 수 없다. 나는 실험체가 있는 곳에 함께 있겠다."

"……"

카리스를 설득할 수 없다는 사실을 알았는지 세영은 더 말하지 않고 물러갔다.

홀로 남은 카리스는 자기가 한 언동을 되새겨 보았다.

"그래, 무작정 저들에게 끌려갈 수는 없다."

지금 카리스가 제우스와 동등한 입장에 설 수는 없었다.

제우스의 도움을 받고 살아났고, 제우스의 도움을 받고 이렇게 숨어 있으며 결정적으로 제우스가 자신의 목숨을 쥐고 있다.

그러나 그런 것 치고는 제우스에서 자신에게 그렇게 강압적인 태도를 보이지는 않는 것 같았다.

반항하면 즉각 머리를 날려 버리겠다고 협박하거나 묶어 놓고 고문을 하면서 자신들에게 굴종할 것을 요구할 수 있을 것인데도 그러지 않았다.

어째서일까. 자세한 이유는 알 수 없었지만 그래도 짐작이 가는 부분은 있었다.

처음 이 지구라는 차원에 왔을 때 비참하게 패하고 포로로 붙잡힌 적이 있다.

그때도 이 차원의 녀석들은 포로인 자신과 동료들에게 예상보다는 나쁘지 않은 대접을 해주었다.

물론 감금과 혹독한 심문을 받았지만, 비슷한 일이 제국에서 벌어졌다면 아마 카리스와 동료들은 뼈도 못 추릴 만큼 처참한 몰골로 목숨을 잃었을 것이다.

하지만 이 차원의 녀석들은 그러지 않았다. 그때도, 또 지금도.

"쓸데없이 너그러운 녀석들인가……."

포로 혹은 노예로 삼아야 마땅한 자신에게 이렇게 너그러운 처분을 해준다. 그렇다면 철저하게 이용할 뿐이다.

"받아들일 수 있는 것은 모두 받아들인다. 그렇게 놈들을 방심시킨 뒤 기회를 엿봐 실험체를 확보하여 반드시 레넌 제국으로 돌아갈 것이다!"

카리스는 마음의 결정을 내렸다.

실험체가 있는 이 땅을 떠나라는 둥 절대로 받아들일 수 없는 요구가 아니라면 일단 제우스에 협력하면서 기회를 엿보기로.

그리고 한 시간 후, 세영이 돌아왔다.

다시 카리스 맞은편에 앉은 세영은 상부의 결정을 말해 주었다.

"알겠습니다. 당신이 그토록 원한다면 이곳에 머무를 수 있도록 처리하겠습니다."

"감사하게 생각한다."

"대신 이제부터 당신의 협력을 요청합니다. 당신이 빼준 림진재 측의 데이터를 이용하여 우리 측 연구를 진행할 겁니다. 그것을 도와주세요."

데이터라는 아직도 카리스에게 낯선 어휘가 섞인 탓에 세영의 말뜻을 완전히 알아들을 수는 없었다.

하지만 지금 말이 우리 일에 협력하라는 뜻인 것은 분명할 터.

카리스는 짐짓 반색하며 말했다.

"알겠다. 최선을 다해 돕지."

"좋습니다. 당신이 도울 일은 바로 이것입니다."

세영은 카리스에게 사진 몇 장을 넘겨주었다. 사진들을 본 카리스가 말했다.

"이것은 그 림진재라는 녀석들이 만든 것 아닌가?"

"네, 그들은 그것을 야수라고 부른 모양이더군요. 과거 북한에서 벌인 생체실험을 기반으로 만들어진 생체병기. 그 데이터와 당신의 그 마법을 결합하여 좀 더 쓸 만한 물건으로 만들려는 계획입니다."

"그렇군."

일단 지금은 제우스에 협력을 할 때이다.

사실 굳이 그것이 아니더라도 지금 세영이 말하는 것은 흥미가 갔다.

이미 야수들을 죽여 좀비로 만듦으로서 더 강하게 만든 적이 있는 카리스다.

그 경험과 이 제우스라는 조직의 능력이 결합하면 어떤 결과를 낳을 것인가.

상당히 흥미로운 일이 아닐 수 없었다.

"그래, 지금은 협력해 주지. 네놈들의 쓸모가 없어질 때까지."

속으로 중얼거리며 카리스는 세영과 계속 이야기를 나누었다.

한편 세영 역시 속으로는 카리스와 비슷한 생각을 했다.

"이자도 쓸모가 있을 때까지 이용한 뒤에는 제거되겠지."

그야말로 양쪽 모두 웃는 낯 아래에서는 서로를 향한 칼을 갈고 있는 것이었다.

31장
함정

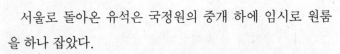

　서울로 돌아온 유석은 국정원의 중개 하에 임시로 원룸을 하나 잡았다.

　서울 시내에 이런 곳이 존재하는가 하는 생각이 들 만큼 으슥한 지역에 위치한 원룸이었다.

　사실 유석에게는 보통 사람으로서 사회생활을 하며 모아둔 돈도 조금 있었고, 부모님이 남겨주신 재산도 있다.

　아무리 서울이 땅값이 비싸다지만 원룸보다는 더 번듯한 집을 구할 재력은 되었다.

　하지만 국정원에서 유석이 사람들 눈이 많은 고급 아파

트 같은 것을 잡고 사는 것은 탐탁지 않아 했다.

아직 유석의 존재는 사람들에게 공표될 만한 것이 아니었으니 말이다.

거기에다 지금의 유석 또한 집의 크기나 집 주변 환경 같은 것에는 별다른 관심이 없었다.

덕분에 유석은 별문제 없이 국정원에서 잡아준 원룸에서 살아갈 수 있었다.

─아직 많은 분이 기억하고 계시겠죠. 다른 세계에서의 서울 공격. 그날이 벌어진 지도 벌써 반년이 넘는 시간이 지났습니다. 하지만 아직 그날의 참상을 잊지 못하는 사람들이 많습니다. 다시 한 번 그날의 일을 짚어 보겠습니다. 이혜란 기자!

레넌 제국의 서울 침공.

TV에서 말하듯 반년 이상 지난 일이건만 아직도 그때 일을 어제처럼 생생히 기억하는 사람들이 많았다.

당연히 유석 역시 그때 일을 어제처럼 생생하게 기억하는 사람에 속했다.

이렇게 혼자 시간을 보낼 때일수록 더했다.

"카리스 놈을 박살 내고, 레넌 제국을 박살 내고……."

TV를 보며 유석은 자기의 목표를 계속 중얼거렸다.

복수라는 목표. 그것 때문에 유석은 이전의 자신을 버

렸다.

친척들이나 죽은 하나의 부모님. 친구나, 전 직장 동료와의 연락도 끊겼다.

나라에서 유석의 존재를 존재하지만 존재하지 않는 자로 만들기를 원했기에 지인들과 연락을 끊을 것을 요구한 것도 있다.

하지만 유석 본인도 지인들과 연락을 하거나 만나고 싶다는 생각은 들지 않았다.

과거의 유석은 죽었다.

지금의 유석은 복수를 갈망하는 괴물과도 같은 존재. 그런 상황에서 예전의 지인들과 연락을 하거나 만나는 건 바람직하지 않은 것 같았다.

과거의 복수를 위해 과거와 연을 끊는다. 아이러니하지만 지금은 이게 최선일 것 같았다.

"······."

때문에 유석은 홀로 집에 돌아오면 특별히 할 일이 없었다.

이렇게 TV나 보면서 시간을 때우거나 간단한 트레이닝이나 하는 정도였다.

반은 스스로가 원한 외로움이다. 하지만 스스로 원한 외로움이라고 해서 그 속에서 조금도 쓸쓸함을 느끼지 않는 것은 아니었다.

한참이나 의미 없이 TV를 바라보던 유석은 마침내 TV를 껐다.

시원한 밤공기나 좀 쐰 뒤 잠자리에 들 생각이었다.

베란다로 나간 유석은 창문을 활짝 열어 젖혔다.

이렇게 밤공기를 쐬며 생각에 잠기는 것도 나쁜 일은 아니었다.

"응?"

한참 밤공기를 쐬던 유석은 무언가 이상한 느낌을 받았다. 누군가가 자신을 바라보고 있는 듯한 시선 같은 게 느껴진 것이다.

한밤중에 베란다에 나온 남자를 바라보는 시선이라니.

유석이 무슨 절세의 미녀도 아닐진대 무언가 이상한 일이었다.

"기분 탓인가."

처음에는 이렇게 생각했다. 그러나 기분 탓으로 넘겨 버리기에는 자기를 바라보는 시선 같은 느낌이 사라지지 않았다.

기분이 나빠진 유석은 베란다를 닫고 방 안으로 들어가려 했다.

바로 그 순간, 누군가의 시선이었던 느낌은 살기로 변하기 시작했다.

급작스러운 살기에 놀란 유석은 황급히 주변을 둘러보았지만 무언가 자신을 위협하는 존재는 잘 보이지 않았다.

하지만 보이지는 않아도 분명 살기는 느껴졌다.

유석은 눈이 아니라 감각을 믿기로 하고 보이지 않는 살기가 뻗어 나오는 쪽을 향해 몸을 돌렸다.

어둠 속에서 무언가 제대로 보이지는 않았다.

하지만 어둠 석에서 반짝이는 무언가가 자신을 보는 듯한 광경이 보였다.

동시에 살기가 극도로 높아졌다. 유석은 순간 무슨 일이 벌어지려는지 깨달았다.

'저격이다!'

머릿속에 생각이 스침과 동시에 유석은 본능적으로 몸을 수그렸다.

슈우욱!

거센 바람 소리와 함께 밤공기를 가르며 한 발의 총탄이 방금 전 유석이 있던 장소로 날아왔다.

폭발음이 아닌 바람 소리가 울린 것을 보건대 소음기를 장착한 총에서 발사된 총탄임에 틀림없었다.

쨍그랑!

총이 발사하기 직전 유석이 몸을 피한 덕분에 총탄은 애

꽂은 유리창을 산산조각 내며 지나갔다.

와장창!

유리가 깨지는 소리는 고요했던 주변 공기를 뒤흔들었
다.

곧 아래위에서 놀란 외침 소리가 터져 나왔다.

"무슨 소리야?"

"뭐가 깨졌어?"

오밤중에 난데없이 창문이 깨지는 소리가 들리자 주민들
은 놀랐다.

총에 소음기를 장착했다 해도 거센 바람 소리와 유리가
깨지는 소리는 주변을 시끄럽게 만들기 충분했다.

"위에 뭔일 났나?"

"이봐요? 거기 괜찮아요?"

원룸 전체가 시끌시끌해졌다.

오히려 총격을 당한 당사자인 유석이 가장 침착할 정도
였다.

"대체 어떤 놈이지?"

안전한 방 안으로 들어온 유석의 머리가 정신없이 돌아
갔다.

대한민국, 그것도 치안이 엉망인 북한의 위험지역도 아
니고 서울에서 저격이라니.

한 번 저격에 실패하자 그대로 꽁무니를 뺐는지 더 이상 살기는 느껴지지 않았다. 하지만 유석은 침착하게 몸을 숨긴 채 바깥을 살폈다.

아무래도 정말 저격을 한 녀석은 이미 도망친 모양이었다.

서울에서 일발로 저격에 실패했다면 그대로 도망치는 게 현명한 선택인 것은 사실이었다.

삐용— 삐용—

대신 얼마 지나지 않아 사이렌 소리와 함께 경찰들이 몰려오기 시작했다.

누군가 신고를 한 모양이었다.

"귀찮게 되었군."

중얼거리며 유석은 국정원으로 전화를 걸었다.

저격을 받았다는 것도 그렇고 경찰이 몰려온 것도 그렇고 아무래도 국정원에서 어떻게 해야 할 일 같았다.

*   *   *

"자네도 저격을 당했다고?"

수만이 놀라 물었다.

유석은 그런 수만의 반응에서 무언가 특별한 것을 느꼈다.

"지금 자네도라고 하셨습니까?"

"그래, 실은 우리 측 요원 몇 명이 비슷한 일을 당했다는 보고다."

"우리 측 요원이라면 카리스 체포팀원들 말입니까?"

"그래, 지금 연락 받은 게 은아 요원이랑……."

"은아가?"

자기도 모르게 유석이 목소리를 높였다.

상대가 수만이 아니라 보통 사람이었으면 그것만으로도 기가 죽었을 것이다.

그러나 수만은 고참 요원답게 평정을 유지하며 말했다.

"보고가 있었다."

"설마 저처럼 저격을 당한 겁니까?"

"그것까지는 잘… 아, 직접 물어보지 그러나."

수만의 시선은 유석의 어깨 너머를 향해 있었다.

유석도 뒤에서 익숙한 인기척을 느끼고는 고개를 돌렸다.

은아가 이마에 반창고를 두 장 붙인 채 걸어오는 게 보였다.

"나 참 재수가 없으려니 별……."

중얼거리던 은아에게 유석이 물었다.

"괜찮아?"

갑작스레 튀어나온 유석의 질문에 은아는 조금 놀라면서 대답했다.

"어… 대단치는 않아."

"대체 뭐가 어떻게 된 거야?"

"밤에 배고파서 편의점에 뭐 좀 사러 갔는데 칼 든 놈 둘이 뒤에서 덮치더라고. 둘 다 양아치 이런 건 아니고 나름대로 프로 같기는 하던데."

저격만큼은 아니지만 편의점에서 칼 든 자객의 습격을 받는 것도 그렇게 흔한 일은 아니다.

하지만 그런 일을 겪은 사람치고는 은아의 상태가 나쁘지는 않아 보였다.

"다쳤어?"

유석의 질문에 은아는 이마의 반창고를 가리켰다.

"조금."

"그게 전부야?"

"뭐 칼 든 놈 둘이서 날 어떻게 할 수는 없지."

은아의 실력을 감안하면 칼 든 놈 둘 정도는 충분히 맨손으로 처리할 수 있을 것이었다.

속으로 안도하며 유석은 질문을 바꿨다.

"널 공격한 놈들은?"

"놓쳤어. 쫓아가 봤는데 녀석들 도망은 귀신같이 잘 치더라고."

"그래, 놓쳤다고……."

"너는 뭐 별일 없었어?"

"집에서 저격당했어."

유석은 저격당했다는 말을 집에서 밥 먹었다는 투로 대수롭지 않게 말했다. 오히려 듣는 쪽이 놀랐다.

"저격? 누가 널 저격총으로 쐈다고?"

"아마도."

"세상에. 내가 당한 건 양반이었네. 넌 안 다쳤어?"

"전혀."

"…역시 너는 끝내주는구나."

감탄도 잠시. 은아는 곧 요원의 자세로 수만에게 질문했다.

"지금 저와 유석 말고 다른 요원들도 비슷한 일을 당했나요?"

"몇 명 더 당한 모양이다."

"대체 누가 그런 짓을?"

"알 수 없다. 유석 요원도, 자네도 습격자를 찾지 못했지 않나. 자네들도 그럴진대 다른 요원들이라고 찾기는 어렵겠지."

얼마 지나지 않아 속속들이 정보가 들어오기 시작했다.

카리스 체포팀의 요원 다섯이 공격을 받았는데 그나마 무사하다고 할 수 있는 것은 유석과 은아뿐.

나머지 세 명 중 둘은 사망했고 다른 한 명은 큰 부상을 입고 병원에 실려 갔다.

일이 이렇게 되자 국정원에서는 황급히 전 요원들에게 비상령을 내렸다.

그리고 림진재 체포팀은 모두 국정원 본부나 기지로 모이라는 명령이 떨어졌다.

모두 모이자 수만은 차갑게 가라앉은 목소리로 말했다.

"모두들 알고 있겠지만… 사건이 벌어졌다. 우리 팀원 다섯 명이 공격을 받아 그중 둘이 사망했고 한 명이 큰 부상을 입었다."

수만의 시선은 회의실의 빈 의자를 향해 있었다.

그렇게 죽거나 다치지 않았다면 지금 저 자리에 앉아 있어야 할 요원들의 빈 자리였다.

차갑게 굳어 있는 수만도, 다른 요원들도 모두들 분노를 감추지 못했다.

한 요원이 말했다.

"잡아야지요."

수만이 대답했다.

"당연히 잡을 것이다. 감히 서울에서, 그것도 국정원 요원을 다섯이나 공격하고 그중 두 명을 살해한 놈들이 누군지는 모르겠지만 그들에게 대가를 치르게 해줄 것이다."

들고 있던 은아가 물었다.

"어떻게요?"

지금 수만으로서는 원론적인 대답밖에는 할 수 없었다.

"수색 중이다."

"……."

은아 본인도 자기를 공격한 자를 놓친 터라 이런 대답에 더 할 말은 없었다.

그러자 모두의 시선이 유석을 향해 쏠리기 시작했다.

무려 저격을 당했는데도 별일 없이 무사한 유석이니 무언가 방책이 있을까 생각한 것일는지도 몰랐다.

마침내 유석의 입이 열렸다.

"모르는 놈에게 공격받을지 몰라 불안해하는 것보다는 조금 위험한 일을 하는 게 낫겠습니다."

"그게 무슨 소린가?"

"그러니까……."

유석의 말을 들은 수만은 편치 않은 얼굴로 말했다.

"또 자네가 그런 위험을 감수하겠다고."

"말씀드렸듯 언제 모르는 놈에게 공격 받을지 몰라 불안해하는 것보다는 나으니까요.

"으음."

아무래도 수만은 그다지 내키지 않는 표정이었다.

하지만 지금 상황을 빠른 시간 내에 타개할 다른 방법이 떠오르지 않았다.

"하는 수 없지."

이렇게 유석은 또 한 번 위험한 임무를 맡게 되었다.

어디까지나 본인이 나서 원한 것이었지만 말이다.

*　　　*　　　*

국정원 산하 카리스 체포팀이 공격을 받은 지 보름째 되는 날.

유석은 국정원 기지를 나가 자신의 원룸으로 돌아갔다.

보름 전 저격 사건이 있었던 원룸이다. 거기에다 저격을 당한 당사자인 유석이 돌아온 것이다.

저격 사건을 기억하는 사람이라면 그것만으로도 인상 깊게 볼 만한 일이었다.

하지만 돌아온 유석을 보고 인상 깊은 눈으로 응시하는 사람은 없었다.

아니, 모두들 저격 사건이라는 것 자체를 기억하지 못하는 것 같이 평온하기만 했다.

유석은 국정원에서 어떻게 손을 쓴 결과라는 것을 알아보았다.

"자, 그럼……."

자기를 보는 눈도 없겠다. 유석은 평온하게 일상생활을 다시 시작했다.

한편 먼 곳에서 조준경을 통해 그런 유석을 바라보는 시선이 있었다.

"좋아."

유석이 집에 돌아왔다는 것을 확인한 킬러가 나지막이 중얼거렸다.

보름 전에는 무슨 이유에서인지 저격에 실패했었다.

조준은 정확했는데도 불구하고 대체 무슨 운명의 장난인지 우연의 일치인지 방아쇠를 당기기 직전 유석이 몸을 움직이는 바람에 실패했다.

"설마 같은 장소에서 두 번 연속으로 저격을 당하리라고는 생각을 못 했나보지."

속으로 중얼거리며 킬러는 총을 장전하고 총구를 겨누었다.

지난번처럼 굳이 유석이 바깥 베란다로 나오는 것을 기다리는 대신 포착 즉시 쏴 버릴 생각이었다.

기회는 쉽게 오지 않았다.

혼자서 식사를 하고 설거지를 TV를 보는 광경이 창문을 통해 보였지만 급소를 노려 일발로 목숨을 끊을 만큼의 빈틈은 보이지 않았다.

그렇게 얼마나 시간이 지났을까.

마침내 킬러가 기다려 온 빈틈이 포착되었다.

원룸 천장에 매달린 빨래봉에 빨랫감을 너는 유석의 모습이 보인 것이다.

손을 올려 천장에 빨랫감을 거는 유석의 모습은 완전히 빈틈 그 자체였다.

거기에다 닫힌 창문을 통해 몸이 훤히 드러나 머리나 가슴 같은 급소도 충분히 노릴 수 있었다.

관통력이 뛰어난 저격총 앞에서 유리창 한 장 따위는 없는 것이나 마찬가지다.

킬러는 유석을 향해 조준을 마치고 방아쇠에 손가락을 걸었다.

끼릭.

방아쇠가 당겨졌다.

슈욱!

소음기가 장착된 저격총에서 바람 소리가 울렸다. 동시에 조준경에 대고 있던 킬러의 눈이 커졌다.

"아니?"

놀라워하는 킬러의 생각을 가르며 발사된 총탄은 유석의 집 베란다의 유리창을 산산조각 내며 안으로 날아갔다.

하지만 그 직전, 유석은 아무렇지도 않게 몸을 날려 피했다.

총탄이 발사되기 전 몸을 피한 덕분에 총탄은 유석을 명중시키는 대신 허공을 가르고 날아가 벽에 꽂혔다.

"저럴 수가!"

킬러가 자기도 모르게 중얼거렸다. 지난번은 우연이라 치부할 수 있지만 이번은 아니었다.

대체 뭐가 어떻게 된 것인지는 모르겠지만 분명한 것은 저 목표는 총탄이 날아오는 것을 미리 인지하고 몸을 피한 것이다.

총탄을 피한 목표, 유석은 천천히 고개를 돌렸다.

그의 시선은 정확히 킬러가 은신한 건물 옥상 쪽을 향했다.

저격총 조준경을 통해 유석을 바라보던 킬러의 눈과 유석의 눈이 마주쳤다.

"······!"

순간 킬러는 등골이 서늘해지는 것을 느꼈다.

"빌어먹을."

대체 어찌 된 일인지는 알 수 없다.

하지만 무언가 자신이 상당히 위험한 상황에 처했다는 사실을 킬러는 깨달았다.

"철수다."

중얼거리며 킬러는 총을 거둔 뒤 황급히 옥상 아래로 내려가기 시작했다.

그렇게 건물을 빠져나가자 킬러는 심상찮은 공기를 느꼈다.

"저기다!"

"잡아! 놓치면 안 돼!"

자동차 몇 대가 몰려오는가 싶더니 외침 소리와 함께 양복 차림의 몇 사람이 내리는 게 보였다.

저들이 누군지는 모르겠지만 잡는다는 게 바로 자기라는 것을 킬러는 깨달았다.

세계적으로 총기 관리가 엄격한 대한민국에서 총으로 살인 미수를 두 차례나 벌였다.

붙잡히면 무슨 꼴을 당할지 모른다.

킬러는 소중한 저격총까지 내팽개친 채 도망치기 시작했다.

"거기 서라!"

"서지 않으면 쏘겠다!"

양복을 입은 자들과 자동차가 그런 킬러의 뒤를 쫓았다. 다행히도 킬러는 이 주변 지역을 어느 정도 파악하고 있었다.

무엇보다 급선무는 자동차가 앞을 가로막거나 똑바로 쫓아오는 사태를 막는 것이다.

킬러는 담을 넘거나 차가 제대로 움직이지 못할 좁은 길만 택하여 도망치기를 반복했다.

특공대 출신으로서 여러 가지 고급 훈련을 받은 킬러다. 추격자들은 그런 킬러의 도주에 제대로 대처하지 못했다. 한 명을 제외하고는 말이다.

"거기 서지 못해?"

유일하게 킬러를 바짝 쫓아오던 자가 외쳤다.

놀랍게도 하이톤의 여자 목소리였다.

킬러가 흘긋 뒤를 돌아보니 꽤나 예쁜 여자가 자기를 쫓아오는 게 보였다.

물론 상황이 상황인만큼 상대의 미모 따위를 신경 쓸 겨를은 없었다.

킬러는 허리춤에 꽂아 놓은 권총을 꺼냈다. 그리고는 몸을 돌리며 자신을 쫓아오는 여자를 향에 총을 쐈다.

탕! 탕!

"젠장할!"

총소리가 울리고 여자의 욕설이 뒤를 따랐다.

조준이 정확하지 않았고 총구를 본 여자가 몸을 피한 터라 명중시키지는 못했다.

그래도 사격 덕분에 추격이 늦춰지기는 했다.

킬러는 그 틈을 타 다시 도주했다.

거기 서라는 여자의 외침이 들려 왔지만 조금 전보다는 꽤나 멀어져 있었다.

바삐 움직이면서도 킬러는 서서히 안도감을 느꼈다.

이대로 도망만 치면 무사히 넘어갈 수 있다. 그렇게 믿었다.

"어?"

마음을 놓이려던 킬러는 무언가 위화감을 느꼈다.

누군가 자신을 따라오는 느낌. 단순한 느낌이 아니라 발걸음 소리까지 점점 가까워져왔다.

"대체 누구……."

자신에게 다가오는 자를 향해 권총을 겨눈 킬러의 눈이 커졌다.

나타난 것은 조금 전 제거하려다 실패한 목표, 유석이었기 때문이다.

'저놈이 어떻게?'

킬러로서는 도저히 어찌 된 일인지 영문을 알 수가 없었다.

유석은 분명 집 안에 있었고 킬러 자신은 집에서 꽤 떨어진 건물에 있었다.

그리고 실패한 직후 도망친 킬러가 택한 방향은 유석이 있던 집과는 정반대쪽.

자신이 건물에서 내려온 시간을 감안하더라도 저렇게 유석이 나타난 것은 도저히 납득이 가지를 않았다.

유석이 날아오거나 슈퍼맨처럼 빠른 속도로 뛰어온 게 아니라면.

"젠장, 죽어라!"

킬러는 생각을 그만두기로 했다.

아무튼 목표가 저렇게 코앞에 나타났다면 조금 전 실패를 만회하면 그만이다.

권총이 정확히 유석 쪽을 향했다. 조금 전 여자를 쏘았을 때와는 달리 조준도 정확하다.

킬러는 방아쇠를 당겼다.

탕!

총성이 울리기 직전 유석이 몸을 틀어 피했다.

킬러의 조준은 정확했지만 유석의 회피도 정확했기에 총탄은 어김없이 빗나갔다.

"대체 저놈은 뭐지?"

놀라면서도 킬러는 다시 한 번 유석을 노리고 방아쇠를

당기려 했다.

그보다 유석이 몸을 날리는 게 더 빨랐다.

유석은 산전수전 다 겪은 킬러조차 한 번도 본 적이 없는 몸놀림과 스피드로 접근해 와 그대로 킬러의 권총 쥔 손을 잡아챘다.

우두둑 소리와 함께 킬러의 입에서 비명이 터져 나왔다.

"우와악!"

손목이 꺾어지는 복합골절을 당한 것이다. 이어 유석은 킬러의 뒷목을 내려쳤다.

죽이지 않게 힘 조절을 했지만 사람 기절시키는 데는 충분했다.

그렇게 킬러가 정신을 잃어버리자 유석은 품에서 특제 케이블타이를 꺼냈다.

케이블이 아니라 사람을 묶으려고 만들어진 물건이라 유석 같은 녀석이 아닌 한 힘으로는 절대 풀 수 없는 물건이다.

그렇게 포박까지 마친 유석은 뒷주머니에 차고 있던 무전기를 잡고 말했다.

"잡았다. 현재 위치는……."

무선이 전해지고 잠시 후. 가장 먼저 도착한 것은 킬러를 추격했던 여자, 은아였다.

"어디 사람한테 다짜고짜 총질이야. 법과 인권만 없었어도 뜨거운 맛을 보여주는 건데."

기절한 킬러를 본 은아가 씨근거렸다. 그래도 이렇게 생포된 녀석에게 해코지를 할 마음은 없는지 씨근거리는 것으로 끝이었다.

잠시 후, 국정원 요원들이 속속들이 모여들었다.

그들 중 한 패는 킬러를 호송해 갔고, 다른 한 패는 저격에 추격전, 총격전까지 벌어진 현장 수습에 나섰다.

*   *   *

"정말 난 아무것도 몰라."

"저격총을 들고 국정원 요원을 암살하려 해놓고 아무것도 모른다고?"

"……"

"몇 년이라도 빨리 바깥 공기 마시고 싶으면 누구의 의뢰를 받고 이런 짓을 했는지 불어."

"빌어먹을! 무기명 의뢰였다니까."

유석은 밖에서는 안이 보이지만 안에서는 바깥이 보이지 않는 매직미러를 통해 한 국정원 요원이 자기를 쏜 킬러를 심문하는 광경을 지켜보았다.

매직미러에 성능 좋은 마이크고 내장된 덕분에 둘의 대화는 아주 또렷하게 귀에 들어왔다. 다만 대화에 영양가가 없다는 게 문제였다.

"쓸 만한 이야기는 하지 않는 것 같군요."

유석의 말에 옆에 앉아 있던 수만이 고개를 끄덕였다.

"그렇군."

"정말 저자가 주장하는 대로 날 쏘라고 한 자가 누군지 모르는 걸까요?"

"물증은 없지만 내 경험으로 미루어 보건대 저자가 거짓말을 하는 것 같지는 않다."

"뭐 고문이라도 하면 안 됩니까?"

이런 유석의 말에 수만은 어이없다는 표정을 지어 보였다.

"그걸 말이라고 하나?"

"레넌 제국 포로들은 고문도 하고 그러지 않았습니까?"

"그야 다른 차원의 녀석들에게는 국내법이든 국제법이든 저촉을 받지 않으니까. 하지만 저자는 케이스가 다르지 않나."

"그런 겁니까?"

유석은 내키지 않는다는 표정으로 킬러를 바라보았다. 그런 유석의 모습에 수만은 다소 마음이 불편했다.

물론 자기를 총으로 쏜 녀석을 혼내주고 싶어 하는 마음이야 당연한 것일는지도 모른다.

하지만 그렇다고 고문을 하면 안 되냐는 소리가 아무렇지도 않게 튀어나오다니.

민주주의 국가에 소속된 요원에게는 그다지 바람직한 모습이라 할 수 없었다.

"아무튼 저자가 정말 뭔가 정보를 모른다면 곤란하군요."

"그건 그렇지. 상황을 보아하니 아무래도 의뢰인 쪽에서 단단히 손을 쓴 것 같다. 설사 하수인이 잡히더라도 자신들에게까지 영향이 미치거나 하지 않도록."

"약아 빠진 놈들."

심문은 계속되었지만 킬러에게서 쓸 만한 정보는 알아내지 못했다.

이래 가지고서야 유석이 위험을 감수하고 여럿의 국정원 요원들이 동원된 보람이 없었다.

"아무래도 저자를 통해 제대로 된 정보를 얻기는 틀린 것 같군."

"그러면 어떡합니까?"

"자체적으로 조사하고, 또 추리를 해봐야지."

"추리라."

유석은 수만의 말대로 그동안 보고 듣고 겪은 것을 바탕으로 추리를 해보았다.

과연 누가 자신의 목숨을 노리는가.

쉽사리 떠오르지는 않았다. 림진재 패거리가 깨끗하게 쓸려나간 지금 유석에게 원한이 있는 자라면 카리스 정도일 터.

그런데 카리스는 유석을 손에 넣어서 어떻게 하려고 들면 들었지 저렇게 킬러를 고용해 죽이려 할 리는 없었다.

다만 이 사건은 유석 혼자만을 노린 게 아니다.

다른 국정원 요원들도 몇 공격을 받았고, 사상자도 발생했다. 그것도 카리스 체포팀원들만 골라서.

그렇다면 범인은 상당히 좁혀질 수 있었다.

"그때 카리스를 데려 간 그놈들 아니겠습니까."

"그들이 절대적으로 유력하지."

"문제는 그들이 누구인지를 모르니까요."

"그래, 그게 문제고."

유석과 이야기를 나누던 수만은 자리에서 일어섰다.

아무래도 여기 더 있어 봤자 특별히 얻을 건 없다고 여긴 모양이다.

유석 역시 수만과 마찬가지 생각이었기에 자리에서 일어섰다.

두 사람은 회의실로 이동했다.

이미 다른 요원들은 모두 모여 있었다. 수만은 상황을 간단히 설명한 뒤 모두에게 말했다.

"아무래도 잡은 녀석에게서 제대로 된 정보를 알아낼 수는 없을 것 같다. 무엇보다 본인이 정말 모르는 것 같으니까."

"골치 아프네요. 물증은커녕 심증도 충분치 않은데 기껏 잡은 녀석도 쓸모가 없다니."

은아의 말이 여기 모인 모두의 심정을 대변했다.

그래도 심증이 충분치 않다는 말은 곧 심증이 아예 없지는 않다는 것을 뜻했다.

누구 할 것 없이 중얼거렸다.

"제우스……."

이 정도의 능력과 자금력을 가지고 이런 짓을 할 동기도 있는 자들.

가장 먼저 떠오르는 이름은 제우스였다.

"그 제우스에서 대체 왜 카리스를 데려가고, 우리를 공격하는 겁니까?"

유석이 물었다. 수만이 대답했다.

"은밀히 조사 중이다. 이미 그들을 조사 중이던 요원들이 몇 사망한 사례가 있기 때문에 예전보다 더 은밀하게 조사

중이지."

"뭐 나온 것이 있습니까?"

"제우스에서 우리나라와 연관을 맺은 게 있다면 대북관련 사업부터 알아보는 게 먼저지."

대북관련사업.

제우스는 세계적 규모의 다국적 기업 중 가히 독보적으로 옛 북한 지역의 복구 사업에 힘을 쏟는 곳이었다.

돌이켜 보면 북한 지역은 낙후가 되어 있다 못해 남한과 비교하면 그야말로 천국과 지옥만큼 차이가 있었다.

통일이 된 이상 통일 대한민국 정부는 북한 사람들에게도 최소한 인간다운 삶을 누리게 해줄 의무가 있었다.

문제는 그것이 결코 쉬운 일이 아니었다는 것이다.

아무리 대한민국이 세계적인 경제대국이라고 해도 황폐화된 북한을 복구하는 사업은 엄청난 부담이 되었다.

그런 대한민국에 접근한 것이 제우스였다.

제우스는 북한 지역의 복구 사업을 적극적으로 돕겠다고 나섰다.

대가로 요구한 것은 북한 시장에 대한 독점적인 투자 및 수확이었다.

그렇게 대한민국 정부와 제우스는 손을 잡고 북한지역 복구에 나섰다.

제우스가 통일 이후 지금까지 북한에 투자한 돈은 최소 수십 억 달러로 추산된다.

거기에다 다국적 기업다운 효율적인 투자로 북한 지역을 재건하는 데 굉장히 큰 도움이 되고 있다는 평가를 받고 있었다.

그런 제우스가 무슨 이유에선지 국정원 요원들을 살해하고 있다. 사실이라면 무언가 거대한 음모가 있을 것이 분명했다.

"제우스 그룹에서 카리스를 데려갔다면 역시 레넌 제국에 대한 것을 노리는 게 아닐까요."

역시 유석은 먼저 카리스에게서 연관점을 찾으려고 했다. 지금 상황에서는 일리 있는 의견이었다.

"연관이 없다고 할 수 없겠지. 정말 이 모든 게 제우스의 소행이라면 그들이 처음 마각을 드러낸 게 그 카리스를 데려간 일이니. 그렇게 자신들을 드러내면서까지 카리스를 데려갔다면 그만큼 카리스의 존재가 중요하다는 뜻이기도 하고."

수만의 말에 한 요원이 의견을 말했다.

"그 카리스라는 자는 분명 림진재와 연결되어 있었습니다. 림진재, 카리스, 그리고 카리스를 데려간 정체불명의 자들. 이 모두가 연결되어 있다고 보는 게 타당할 것 같습

니다."

"물론 그렇다. 같은 패거리거나 하나의 거대 세력이 이 모든 일에 관여하고 있겠지. 문제는 그렇게까지 해서 대체 무엇을 노리냐는 것인데……."

이야기를 듣고 있던 유석은 문득 은아에게 속삭였다.

"제우스는 다방면의 사업을 하는 기업이지?"

"그야… 건설에 제약에 무기에 조선에 비행기 금융 등등 웬만한 건 다 하는 기업이지."

"무기라."

유석의 머릿속에 그날의 일이 떠올랐다.

하늘을 나는 범선이 나타나고 하늘에서 유성우가 내려 서울을 쑥대밭으로 만들어버린 일이.

물론 이후 서울을 그렇게 만든 장본인인 레넌 제국군은 철저하게 응징 당했다.

하지만 레넌 제국군 개개인의 힘은 몰라도 유성우로 서울을 쑥대밭으로 만들거나 한 힘은 우습게 볼 게 아니었다.

"무기라. 무기……."

문득 유석의 머릿속에 떠오르는 게 있었다. 림진재 일당과 싸울 때 만난 그 괴물들 말이었다.

"그 괴물들은 어떻게 되었습니까?"

갑작스런 유석의 질문에 수만은 얼른 알아듣지 못했다.

"괴물들?"

"그 죽여도 죽지 않고 움직이던 놈들 말입니다."

"아, 그 괴물들 말인가."

확실히 그것들의 자세한 이름을 모르는 상황에서 괴물보다 더 정확한 표현은 없었다.

사지가 절단되거나 목숨을 잃고 뼈도 못 추릴 만큼 상처를 입어도 계속 움직이는 놈들이었으니 말이다.

예전 림진재 일당과 싸울 때 마주쳤던 야수들과 비교해도 그 괴물들은 정말 괴물 같은 놈들이었다.

"그것들이라면 샘플을 수거해서 조사 중이네."

"그것과 카리스가 관계되어 있지 않을까요?"

유석이 특별히 물증을 가지고 이런 말을 하는 것은 아니었다.

워낙에 비상식적인 일이었기에, 워낙에 비상식적인 존재들이었기에 절로 레넌 제국과 카리스 쪽에 생각이 미친 것이다.

수만도 생각이 크게 다르지는 않은 듯했다.

"나도 그렇게 생각해. 또 연구 중인 과학자들 사이에서도 그런 의견이 적지 않다고 들었어. 인간이 플라나리아도 아니고 그렇게 산산조각이 났는데도 움직이는 것은 과학이나 의학으로는 대답할 수 없는 일이라고."

"그렇다면?"

"그렇잖아도 조만간 그 일로 레넌 제국 포로들을 심문할 예정이야. 정말 카리스가 관련되어 있다면 그들이 무언가를 알고 있겠지."

그렇다면 레넌 제국 포로들이 무언가 아는 것을 불기를 기다리면 된다.

유석은 다시 지금 화제에 집중했다.

"문제는 제우스로군요."

"그렇다. 모두들 각자 신변보호에 더더욱 신경을 쓰도록. 정말 상대가 제우스든, 다른 놈들이든 정체를 알아내기 전 까지 한 명의 요원이라도 더 잃어서는 안 된다. 알아듣겠나?"

"알겠습니다."

32장

다시 북으로

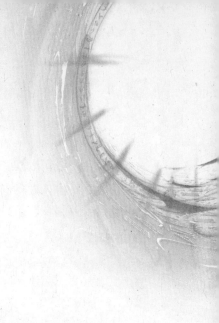

　카리스는 제우스라는 조직의 능력과 그들이 보여준 문물에 감탄을 금치 못했다.

　자신이 감금되어 있던 국정원이라는 곳.

　그 후 서로 이용하는 관계를 가졌다 마침내 자신에 의해 죽음을 맞이한 림진재라는 인간의 조직.

　그렇게 지난 시간 거쳐 온 곳들과 비교해 봐도 이 제우스라는 조직은 여러 가지로 우월해 보였다. 문물도, 지금도, 능력도.

　지금 카리스가 있는 곳은 북한 지역 어딘가에 존재하는

비밀 연구소라고 들었다.

카리스는 이 연구소의 책임자라는 인간과 만남을 가졌다.

"당신이 그 다른 차원에서 온 사람이라고?"

책임자는 백의를 걸치고 대머리에 하얗게 센 머리카락 몇 가닥이 간신히 남아 있는 늙은 남자였다.

체구도 작고 전반적으로 보잘것없는 외모였지만 눈빛만큼은 굉장히 번뜩이는 게 여느 사람이라면 소름이 끼칠 정도였다.

그래도 카리스는 이 책임자라는 남자와 비슷한 스타일의 인간을 몇 만난 적이 있었다.

주로 마법사들 중에서도 새로운 마법을 연구하는 자들.

그중에서도 다소 제정신이 아닌 자들이 눈앞의 책임자와 같은 눈을 하고는 했다.

일단 카리스는 인사를 했다.

"카리스라고 하오."

"카리스라… 나는 벤이라는 사람이지."

연구소의 책임자, 벤.

카리스는 자기가 존댓말을 했는데 상대는 반말을 썼다는 것에 불만을 제기하는 대신 본론부터 꺼냈다.

"당신을 도우라고 들었소."

"그래, 그래. 나도 알고 있어. 다른 차원에서 온 녀석이 내 연구를 도와 줄 것이다. 그래. 많이 들었어."

"······."

"일단 따라오겠나. 보여줄 게 있으니."

카리스는 잠자코 벤을 따라 나섰다.

지하에 지어진 연구소는 만들어진 지는 꽤 오래된 것 같았지만 매우 튼튼해 보였다.

연구소라기보다는 무슨 비밀 기지라고 느껴질 정도로.

주변을 둘러보는 카리스의 관심 어린 눈빛에 벤이 짧게 설명해 주었다.

"여기는 과거 북한의 지하 땅굴과 벙커를 개조해 만든 곳이지. 이렇게 초대형 벙커를 찾아낸 건 정말로 운이 좋았어."

땅굴, 벙커.

카리스로서는 단어 자체를 알아듣지 못했고, 알아들어도 존재 이유가 의문인 것들이었다.

레넌 제국에서 이렇게 지하에 근사한 건축물을 만드는 것은 지금은 거의 멸종한 드워프족이나 하는 짓이다.

그들이 아니라면 지하 광산 정도나 이렇게 지하에 무언가를 만들까.

하지만 이 땅굴이니 벙커니 하는 곳이 그런 용도로 만들어진 곳 같지는 않았다.

그저 은밀함을 위해 이런 지하에 이렇게 거대한 건축물을 만들었다는 말인가.

역시 이 지구라는 차원 녀석들은 알다가도 모를 놈들이라고 카리스는 속으로 중얼거렸다.

"자, 다 왔네."

도착한 곳은 카리스가 듣기로 컴퓨터와 모니터라 불리는 기계들이 가득 들어찬 곳이었다.

벤이 컴퓨터를 작동시키자 모니터에 무언가 화면이 떠올랐다.

카리스는 화면에 비친 광경이 무엇인지 바로 알아보았다.

바로 림진재 일당이 야수라고 부른 인간병기들이었다. 모니터에 나오는 야수들의 모습을 보며 벤이 물었다.

"저게 뭔지 알고 있지?"

"그렇소."

"듣기로 자네가 저것들의 데이타를 우리에게 넘겨주었다고 하던데."

"맞소."

"꽤나 놀라운 성과야. 북한 같은 후진국에서 저 정도의 생체병기를 만들어 내다니 말이야. 뭐 북한 기술이 뛰어나

기 보다는 얼마든지 생체실험용 인간을 조달할 수 있었을
테니 가능한 일이었겠지만."

"……."

"북한 녀석들은 저것들을 야수라고 불렀다더군. 야수라.
참으로 적절한 네이밍이야. 먹이에 굶주린 야수. 딱 그대로
의 모습이 아닌가."

"……."

"그리고 자네가 저것들을 더 강하게 만들었다지?"

이 말을 들은 카리스는 표정은 바뀌지 않았지만 조금 놀
랐다.

자신이 마법으로 야수들을 좀비로 만들었다는 사실은 아
직 이들에게 말하지 않았었다.

그런데 이 벤이라는 남자가 그 사실을 알고 있다면, 결국
제우스라는 조직에서 그 사실을 파악했다는 것이다.

무시 못할 정보력이라 할 수 있었다.

"…그렇소."

어차피 다 알고 있다면 숨겨봐야 의미가 없는 일이었다.
그런 카리스의 대답에 벤은 히죽 웃으며 말했다.

"그것은 직접 보지는 못했어. 국정원이라는 녀석들이 다
가져가 버렸으니. 하지만 듣기로 죽여도 죽지 않는 엄청나
게 끈질긴 생명력을 가진 존재라더군. 맞나?'

"다 알고 있는데 내가 굳이 말 할 이유가 없겠군."

"후후. 그렇다면 이걸 한 번 보겠나."

벤이 컴퓨터를 조작하자 다른 영상이 나왔다.

하나같이 근육질 몸이 울퉁불퉁한 사람들이 철창에 갇힌 채 으르렁대는 광경이었다.

그 광경을 지켜보며 벤이 설명했다.

"저 철창은 모두 특수 재질로 된 것들이야. 만일 그냥 쇠로 만든 철창이었으면 저것들의 힘을 견디지 못하고 휘어져 버렸을 테니."

"저게 뭐요?"

"비스트, 우리는 저걸 비스트라고 부른다네. 생체공학으로 만들어 낸 병기지."

"생체공학?"

어휘는 낯설었지만 카리스는 금세 알아챘다.

저 비스트라는 것은 림진재가 쓰던 야수들과 비슷한 존재라고.

"사람 생각은 다 비슷한 모양이야. 북한 녀석들이 만든 건 야수, 우리가 만든 것은 비스트. 저런 괴물들에게 붙일 만한 이름은 그게 가장 먼저 떠오른 모양이지."

"그러니까 당신 말은 저 비스트라는 괴물과 림진재가 만든 그 야수라는 괴물이 비슷한 존재라는 말이오?"

"머리가 좋군. 바로 그 말이야. 방법론이 서로 달랐지만 아무튼 북한 녀석들은 야수를 만들었고, 우리는 비스트를 만들었지. 그리고 자네는 그것들을 더욱 강화시켰고."

이제 카리스도 이들이 노리는 게 무엇인지 어느 정도 짐작이 갔다. 그래도 카리스는 짐짓 모르는 척 물었다.

"그래서 뭘 어쩌려는 거요?"

"북한 녀석들이 만든 생체병기 데이터. 우리가 만든 생체병기 데이터. 이 두 다른 방법론으로 만들어진 데이터를 조합하여 더 강력한 생체병기를 만드는 거지. 그리고 마무리로 자네의 그 마법이라는 힘을 더해 그야말로 최강의 생체병기를 만드는 것이고."

"그런 것을 만들어서 어쩔 셈이오? 세계 정복이라도 할 셈인가?"

"글쎄. 그거야 스폰서가 알아서 하겠지. 나는 그저 최강의 생체병기를 만들고 싶을 뿐이야. 자네는 그것을 도울 의무가 있는 것이고."

결과에 따른 책임은 상관없이 자신을 만족시킬 결과를 내는 것만 추구하는 자.

레넌 제국에도 이런 자는 존재했기에 카리스가 보기에 그렇게 대단한 일은 아니었다.

'이용할 가치가 있겠군.'

속으로 중얼거리며 카리스는 목에 씌여 있던 목걸이를 만지작거렸다.

이 목걸이가 있는 한 대놓고 제우스에 적대할 수는 없다.

하지만 그렇다고 제우스 노예가 되어줄 생각도 없다.

언젠가 제우스의 뒤통수를 치고 자신의 목적을 이룰 것이다.

그러기 위해서는 이 생체병기라는 것과 벤이라는 남자의 힘이 필요할 것 같았다.

그날이 오면 철저하게 이용해 주리라.

속으로 중얼거리며 카리스는 가만히 냉소를 지었다.

*   *   *

제우스의 간부 경민은 비서 세영이 올린 보고를 받고는 고개를 끄덕였다.

"실패했다고?"

"네."

"예상대로군."

예상했던 실패에 대한 보고를 들은 경민은 표정 하나 변하지 않은 채 물었다.

"그 유석이라는 녀석에 대한 정보는 입수했나?"

"네, 여기 있습니다."

세영은 USB 메모리를 내밀었다.

메모리를 받아 든 경민은 자신의 노트북에 꽂고는 그 안에 든 동영상을 틀었다.

놀랍게도 동영상에는 유석이 자신을 저격한 킬러를 추격해 제압하는 광경이 담겨 있었다.

자신을 향한 저격의 존재마저 알아채는 유석이 알지 못하는 새 영상이 찍힌 것이다.

영상에는 유석의 초인적인 힘과 스피드가 고스란히 담겨 있었다.

그것을 다 본 경민이 팔짱을 끼며 말했다.

"역시 대단하군."

옆에서 본 세영도 한마디 했다.

"인간이라고 부를 수가 없군요."

"그래, 이 정도의 힘과 스피드에 뭐라더라, 초감각? 그런 능력도 있다고 하고 무엇보다 이성을 간직하고 있어. 우리 비스트든 북한 녀석들이 만든 야수든 이성은 잃게 되어 있는데 이 유석이라는 녀석은 그것도 아니라는 말이야. 그야말로 가장 이상적인 초인이라고 할 수 있겠지."

"우리 회사에서 추구하는 생체병기도 이런 것이지요."

"그래, 이성을 가졌지만 주인에게 절대 충성하는 생체병기. 그 추구하는 바에 가장 가까운 녀석이라 할 만해."

"저것을 알아보려고 킬러를 보내신 거죠?"

"그렇지. 다른 요원들이야 귀찮은 파리를 잡을 필요가 있으니 정말 없애려고 킬러를 보낸 것이지만 저 유석이라는 녀석만은 달라. 고작 킬러 따위로 저 녀석을 없앨 수는 없을 테니까. 실력을 직접 보고 싶었다."

"그다음은요? 저 사람을 정말 없앨 건가요?"

"필요하다면."

이런 경민의 말에 세영이 조금 목소리를 낮췄다.

"그러면 카리스가 가만있지 않을 겁니다. 아니, 우리가 그를 공격했다는 사실만 알아도 비협조적으로 나오거나 펄펄 뛰겠지요."

"녀석 귀에 이 일이 들어갈 만큼 일을 허술하게 처리했나?"

"그렇지는 않습니다만."

"그러면 문제없네."

세영이 더 말하지 않자 경민이 다시 입을 열었다.

"뭐 꼭 없애겠다, 이런 건 아니야. 우리 같은 문화인들이 저희들 편이 아니면 무조건 죽이고 보는 빨갱이들과 똑같이 행동할 수야 있나. 기회를 줄 거야."

"기회… 라고요."

"그래, 기회. 저놈도 머리가 있다면 곧 깨닫게 될 거야. 한국 정부 따위에 붙어 일하는 것보다는 우리와 함께 일하는 것이 훨씬 이득이라는 사실을."

세영은 다시 반론을 말했다.

"그 사실을 깨닫지 못할 만큼 그가 멍청하면요?"

"없애야지."

"쉬운 일이 아닐 것입니다만."

"쉽지는 않겠지. 이유석은 지금 시점에서 가장 이상적인 생체병기라고 할 수 있을 테니까. 하지만 가장 이상적인 존재가 가장 강하다는 법은 없어. 그렇고말고."

경민은 고개를 끄덕이며 자신의 생각을 결정했다.

이번 일 관련해서 제우스 그룹에서 사실상 전권을 위임받은 경민이 결정했다면 이제 실행만 남은 셈이었다.

세영으로서는 자신의 조언과는 상관없이 일이 결정되고 말았다. 하지만 그 일을 가지고 크게 신경 쓰지는 않았다.

어차피 이런 일이 한두 번도 아니고, 경민이 굉장히 유능한 남자였기에 그의 독단적 결정이 최선의 경우를 낳는 경우를 여러 번 보아왔다.

자신의 역할은 그를 보좌하며 그가 듣던 안 듣던 자신의 의견을 조언하는 것.

그것이면 충분했다.

　　　　　*　　　*　　　*

　전투 관련 업무라면 그것이 어떤 상황이든 유석이 대활약 할 수 있었다.

　하지만 비전투 업무라면 유석이 활약을 하기가 어려운 게 인지상정이었다.

　그나마 단순 사무업무라면 나았다.

　사무일 경험이라면 유석에게도 있고, MS 오피스 같은 것도 잘 다루는 편이었으니까.

　하지만 그보다 심충적인 국정원 업무는 아직 서투른 게 현실이었다.

　특히 정보 수집 및 분석 같은 업무가 그랬다.

　"…지루하군."

　엑셀로 여러 데이터를 정리하던 유석이 중얼거렸다.

　국정원에 들어와서 이리저리 굴러다니느라 현장 체질이 된 것인지 이런 단순 사무 업무는 이제 지루함으로 받아들여지는 것이었다.

　그러나 지금은 현장 업무가 없고, 또 유석이 단순 사무 업무 이상의 국정원 업무는 하기 어려우니 하는 수 없는 일이었다.

한참 엑셀을 돌리던 유석은 그동안 한 업무를 저장한 뒤 옆 책상을 돌아보았다.

일에 열중하고 있는 은아가 보였다.

자신과는 다르게 고급 정보 수집 및 분석 업무를 맡고 있는 은아는 옆에서 불러도 모를 만큼 일에 집중하고 있었다.

조금 시간이 지나고, 마침내 은아가 숨을 돌리려는 게 보였다.

유석은 은아에게 물었다.

"잘되가?"

은아가 한숨을 쉬며 대답했다.

"후우, 망할 놈들."

물론 망할 놈이라는 게 유석을 지칭하는 것은 아니었다.

유석도 그것을 잘 알고 있었지만, 은아가 지레 놀라 손을 내저으며 말했다.

"아니, 이건 너한테 한 소리 아니야."

"알고 있으니까 대답이나 해줘."

"그래, 제우스 말이야. 정말 망할 놈들이야."

"뭐가 잘 안 돼?"

"그래, 무언가 구린 구석이 있는 것은 같은데 철저하게 숨기고 있어. 이래 가지고서야 직접 들어가 보기 전에는 뭘 알 수가 없겠는데."

"직접 들어간다고?"

"그래."

유석은 무언가 자신과 연관된 일이 벌어질 것 같은 예감을 느꼈다. 그리고 그 예감이 맞았다.

"아무래도 우리 팀원들이 직접 가서 알아봐야 할 것 같다."

수만이 찾아와 이렇게 말 한 것이다. 그 말을 들은 유석이 말했다.

"지금 상황에서 그러는 건 위험하지 않습니까?"

유석으로서는 자신의 안위보다 동료들의 안위를 생각해서 한 말이었다.

아직 정체를 모르는 녀석들에게 자신과 은아를 비롯한 동료들이 습격을 받은 지 얼마 되지 않았다.

그런 상황에서 범인일지 모르는 제우스를 직접 조사하는 것은 너무 위험하지 않냐는 말이었다.

유석이야 총을 쏴도 그것을 감지해 피하는 능력자이다. 하지만 다른 요원들은 그런 능력이 없지 않은가.

따라서 유석이 걱정하는 것은 당연한 일이었다.

수만도 그것을 잘 알고 있었지만 자신의 뜻을 철회하지는 않았다.

"물론 위험하겠지. 하지만 언제까지 누구인지도 모르는

적이 무서워서 숨어 있을 수는 없는 일이다. 가장 유력한 용의자인 제우스를 파헤치는 게 급선무다. 이의 있나?"

"없습니다."

팀원들 누구도 이의를 제기하지 않았다.

모두들 제대로 알지도 못하는 적의 노림을 받는 상황에 지친 모양이었다.

"좋아. 그럼 모두 회의실에 모이도록. 작전을 짜겠다."

작전이라고 해봤자 그렇게 대단한 것은 없었다.

팀원들 중 실력이 뛰어난 몇몇이 현장에 출동하여 제우스와 접촉하여 정보를 알아낸다. 이 정도였다.

물론 유석은 당연히 현장에 출동하는 자들에 포함되었다.

*   *   *

옛 남한 지역에도 제우스의 영향력이 없다고는 할 수 없었다.

서울에 위치하는 제우스 지사 본부를 비롯하여 대도시 대부분에는 제우스 그룹 지사가 위치해 있을 정도였다.

그러나 제우스의 영향력은 남한 지역보다는 북한 지역에서 더 컸다.

그 어떤 국내 대기업보다도 북한 재건 사업에 적극적으로 관여한 제우스다.

때문에 북한의 몇몇 지역은 제우스 덕분에 큰일 없이 돌아가는 지경에 이르렀다.

평안북도 태천군도 그런 제우스의 입김이 강한 동네 중하나였다.

심지어 치안을 제외한 모든 게 제우스 덕분에 돌아간다는 평가까지 받고 있었다.

그 태천군에 도착한 유석의 첫 번째 감상은 이랬다.

"그렇게 나쁘지는 않군."

북한 갱이 총을 들이대거나 반정부 세력이 똬리를 튼 곳을 주로 다닌 유석에게 있어 태천군은 정말 나쁘지는 않은 곳이었다.

남한으로 치면 1960년대를 연상시킬 만큼 낙후되었지만 그것은 평양 같은 몇몇 대도시를 제외한 북한 대부분 지역이 그런 것이다.

당장 굶어죽거나 마약에 중독되어 거리에 내몰린 사람은 보이지 않았고, 어디선가 총성이 들리지도 않았다.

오가는 사람들을 봐도 말랐을지언정 영양실조까지는 아닌 것 같았다.

낙후되었지만 굶어죽거나 완전히 희망 없는 사람들은 보

이지 않는다. 이것만으로도 북한 지역 기준으로는 훌륭한
셈이었다.

"그러니까 이 지역이 제우스가 그렇게 강하다는 말이
지."

유석의 중얼거림에 옆에 있던 은아가 대답했다.

"그래, 제우스가 지은 병원도 있고, 무료 급식소도 있고,
공장에 연구소에 기타 등등 별게 다 있어."

"제우스의 평판은?"

"여기 사람들에게 말야? 당연히 엄청 좋겠지."

예상을 하면서도 일단 유석과 은아는 태천군을 돌아다녀
보았다.

물론 두 사람은 국정원 요원이 아니라 일이 있어 방문한
단순 공무원으로 변장을 한 채였다.

"아무튼 제우스 덕분에 우리들이 밥을 안 굶는다니까."

"우리 애들도 죽을 병 걸렸던 게 제우스 병원에서 나았
어. 평생 제우스에게 감사하며 살아야 해."

태천군 사람들에게 제우스의 평판은 대략 이랬다.

여기서 제우스의 욕을 했다가는 머잖아 시체로 발견되어
도 이상할 게 없을 것 같았다.

그렇게 현지 사람들의 제우스에 대한 평을 알게 된 유석
과 은아는 본격적으로 조사에 들어갔다.

시작은 태천군에 위치한 경찰서를 방문하는 것이었다.

"제우스 그룹이요?"

"네, 아는 대로 말씀해 주셨으면 합니다."

안경을 쓴 은아가 경찰에게 물었다.

참고로 은아는 깐깐한 인상의 여자 공무원, 유석은 과묵한 남자 공무원을 연기 중이었다.

전에도 몇 번 그랬듯 누군가와 이야기를 하는 건 주로 은아의 몫이었다.

"으음… 글쎄요. 딱히 말씀드릴 게 없어요. 분명한 건 제우스가 없었다면 이 태천군은 개판이 되었겠죠. 현지의 난민들에 외지의 난민들까지 먹여주고, 치료해 주고, 일자리까지 제공해 준 게 제우스니까."

경찰의 대답에 은아가 어깨를 으쓱거리며 말했다.

"그렇군요."

그런 은아의 태도에 경찰은 문득 목소리를 낮춰 말했다.

"댁들이 왜 여기에 왔는지는 모르겠지만, 아무튼 이 동네에서는 제우스의 험담 같은 건 하지 않는 게 좋을 거요. 봉변당하고 싶지 않다면 말이지."

"아, 알겠어요."

경찰마저 은근히 제우스의 권위 같은 것을 두려워하고 있는 것이었다.

곧 유석과 은아는 경찰서를 나서 관청을 찾아갔다.

그곳에서 들은 이야기도 경찰서에서 들은 이야기와 비슷했다.

관청을 나선 유석이 푸념했다.

"정부가 하는 일이 없나? 제우스 칭찬만 하고."

은아도 생각이 크게 다르지는 않았다.

"그러게 말이야. 뭐 정부라고 돈이 남아도는 게 아니니 한계는 있겠지만 이건 뭐 치안유지 말고는 죄다 제우스가 다 해주는 모양이니 원."

이대로 돌아가면 제우스는 평안북도 태천군을 제대로 돌아가게 만드는 일등공신입니다, 같은 소리나 하게 될 판이었다.

힘들게 여기까지 왔는데 허무하게 돌아갈 수는 없었다. 은아가 유석에게 말했다.

"다음 단계로 가자."

"호랑이 굴에 들어가자고?"

"응."

은아의 말이 아니더라도 유석 역시 그럴 생각이었다.

그렇게 둘의 의견이 일치되자 유석과 은아는 호랑이 굴로 걸음을 옮겼다.

호랑이 굴. 바로 제우스의 구역이었다.

제우스가 운영하는 무료 급식소, 병원, 공장 등을 찾아가 조사해 볼 작정이었다.

이럴 때를 대비해 유석이나 은아나 특수 분장으로 변장을 해왔다.

지금 두 사람의 얼굴은 부모도 알아보지 못할 정도였기에 어지간해서 정체가 들킬 위험은 없었다.

북한 지역 복구에 힘쓰는 제우스 그룹의 상황을 시찰하러 나온 공무원.

이것이 유석과 은아가 연기할 신분이었다.

두 사람은 곧장 제우스에서 운영하는 무료 급식소부터 찾았다.

"한국 정부에서 오셨다고요. 반갑습니다. 여기 책임자인 폴이라고 해요."

무료 급식소의 책임자는 다국적기업 제우스답게 폴이라는 이름의 중년 흑인 남자였다.

유석, 은아와 인사를 나눈 폴은 직접 무료 급식소의 이곳저곳을 안내해 주었다.

"보다시피 최선을 다해 운영하고 있어요. 나 개인적으로도 전부터 굶주리는 북한 사람들을 돕고 싶었는데 이렇게 기회가 생겨서 얼마나 감사한지 몰라요."

안내를 하면서 설명하는 폴에게서는 진심이 느껴졌다.

그야말로 탐욕이라고는 1g도 느껴지지 않는 봉사정신이 투철한 인격자의 모습이었다.

최소한 이 폴이라는 남자와 그와 함께 무료 급식소를 운영하는 제우스의 직원들에게서 국정원 요원을 암살하는 악의 세력의 면모는 전혀 느껴지지 않았다.

"저 사람이나 다른 사람이나 나쁜 사람 같지는 않은데."

폴이 듣지 못하게 유석이 속삭였다. 은아도 마찬가지 생각이었다.

"나도 그렇게 보여. 아무래도 이곳은 아닌 것 같아."

이어 두 사람이 방문한 곳은 공장이었다.

북한 현지인들을 고용하여 각종 생필품들을 제조하는 공장으로서 이득을 남긴다기보다는 북한 현지인들에게 일자리를 준다는 일종의 복지 개념으로 만들어진 곳이었다.

"반갑습니다. 그레이스입니다."

공장 책임자라는 그레이스는 백인 여성이었다.

그레이스의 안내를 받으며 유석과 은아는 공장을 둘러볼 수 있었다.

그레이스는 마냥 사람 좋은 스타일이 아니라 꽤나 냉철한 사람으로 보였다.

하지만 그것뿐, 역시 국정원 요원을 암살할 악당으로는 보이지 않았다.

거기에다 공장도 그저 평범한 각종 잡화를 생산하는 공장일 뿐이었다.

공장에서도, 일하는 직원들에게도 어떤 특이점을 찾을 수가 없었다.

결국 이번에도 허탕이었다. 이어 방문한 병원과 연구소도 마찬가지였다.

병원은 평범한 무료 병원이요, 연구소는 북한 지역의 질병에 대해 연구하고 있는 곳에 불과했다.

네 곳 모두에서 허탕을 친 유석과 은아는 머리를 맞대고 푸념했다.

"잘못 찾아온 것 아닐까?"

"그럴지도. 여기는 정말 제우스에서 봉사활동이나 하는 곳일 수도 있으니……."

은아는 금세라도 돌아가자고 할 듯한 표정이었다. 하지만 유석은 이대로 그냥 돌아가기는 싫었다.

"조금은 더 알아보고 가자."

"뭐, 확실히 이대로 돌아가 봤자 좋은 소리는 못 들을 테니……."

"그럼 잠입이라도 해볼까? 제우스에서 운영하는 연구소 같은 곳 말이야."

그런 유석의 말에 은아가 손을 내저었다.

"그건 안 돼. 증거나 무언가 기척이라도 잡았다면 모를까, 무작정 잠입해 들어갔다가 들키기라도 하면 우리만 깨져. 아니, 거기서 끝나는 게 아니라 팀 자체가 박살 날 수 있어."

"그러면? 그 증거나 기척 같은 것이라도 잡아야지."

"그래, 그게 먼저야. 문제는 그런 것을 어디서 잡느냐는 건데……."

잠시 생각하던 두 사람 중 먼저 무언가를 떠올린 것은 유석이었다.

"그럼 경찰서라도 가볼까."

"경찰서?"

"무언가 사건 같은 게 벌어졌으면 그걸 단서로 조사를 해볼 수 있지 않을까 하는 생각이 들어서."

"사건… 이라. 확실히 무작정 돌아다니는 것보다는 그거라도 하는 게 낫겠어."

"그럼 그렇게 하지."

"알았어. 유석이 너도 이젠 이 일 많이 익숙해졌구나."

"적응한 거지."

그렇게 합의를 본 유석과 은아는 경찰서로 돌아갔다.

"이 지역에서 일어난 범죄, 사건 관련 자료들을 요청합니다."

경찰서 간부를 만난 은아가 요청했다.

본래라면 아무리 공무원이라도 이렇게 갑자기 자료를 요청하는 일이 쉽사리 허락받기는 어려웠다.

그러나 국정원이라는 배경을 가진 은아였기에 일은 어렵잖게 풀렸다.

"알겠습니다. 잠시만 기다리세요."

어딘가에서 온 전화를 받은 경찰 간부는 곧 태천군 지역에서 일어난 범죄, 사건 관련 정보들을 넘겨주었다.

곧 유석과 은아는 그 정보들을 분석하기 시작했다.

아무리 제우스의 도움을 받는다고 해도 한계는 있는 모양이었다.

태천군의 범죄율은 유석이나 은아의 예상보다 다소 높은 편이었다.

"경범죄는 수두룩하게 일어나고 강력범죄도 종종 일어나는데 검거율은 그다지 높지 않더라."

"보기에도 치안이 그다지 좋아 보이지는 않았지만."

"북한 지역이 다 그렇지 뭐. 그래도 유석아. 이 정도면 무법지역 같은 곳보다는 훨씬 양호한 거야."

은아의 말대로였다.

길거리에 대놓고 마약중독자나 총을 찬 놈이 보이지 않는 게 어디인가.

그러나 확실히 이 지역의 범죄율은 무시할 수 없는 수치였다.

살인, 강도, 강간, 폭행, 절도. 온갖 범죄가 연달아 일어나고 있었다. 그리고……

"실종이라."

실종.

말 그대로 사라진 사람들. 온갖 범죄가 발생하는 지역에서 그런 실종 사건이 발생하는 것도 그렇게 놀랄 일은 아니었다.

하지만 실종사건 항목을 본 유석은 의아한 표정을 지었다.

"숫자가 좀 많은 것 같은데."

은아도 의아해하는 건 마찬가지였다.

"네 생각도 그래? 나도 마찬가지야. 이 정도면 거의 이틀에 한 번 꼴로 실종사건이 벌어진다는 거잖아. 여기가 그렇게 큰 곳도 아닌데."

그렇게 의견이 합치된 두 사람은 곧 경찰을 찾아가 실종사건에 대한 것을 물었다.

답변은 간단했다.

"실종 사건요? 뭐 범죄에 휘말려 어떻게 되거나, 아니면 말없이 이 도시를 떠나 연락이 끊겼거나 그런 것이겠지요."

"그런 것 치고는 사건이 너무 빈번하지 않나요? 거기에다 집계가 된 게 이 정도라면 분명 집계 안 된 사건도 있을 것인데 그러면 숫자가 훨씬 늘어날 수도 있잖아요."

은아의 반론에 경찰은 이번에는 조금 장황하게 대답했다.

"글쎄요. 우리 측에서는 그렇게까지는 생각하고 있지 않습니다. 물론 이 지역 치안을 유지하기 위해 최선을 다 하고 있지만 인력이 부족한 것도 있지만요. 또 실종 사건이 빈번하다는 것은 인정하지만 그걸 수사하기에는 여러 가지로……."

결국 실종사건에 대해 잘 모른다는 이야기였다.

심지어 실종자의 인적사항 마저 제대로 정리가 되어 있지 않았다.

이런 경찰의 대답과 상황에 유석과 은아는 결정했다.

"이걸 조사하는 게 좋겠다."

"그래, 경찰 도움 받기도 어려울 것 같으니 직접 조사하는 게 좋겠어. 일단 상부에 보고부터 하자고."

은아는 곧 상부, 즉 수만에게 상황을 보고했다.

"…그러니까 상황이 이래서 현지에서 조사를 좀 하려고 해요."

ー그런가. 좋다. 다른 단서가 없는 상황이라면 그 실종사건이라는 것을 조사한 뒤 보고하도록. 둘 다 조심하고.

상부의 허락도 떨어졌다.

유석과 은아는 곧장 행동에 들어갔다.

그 시작은 현지 사람들에게 직접 알아보는 것이었다.

33장
진실은 무엇인가

"그래서, 우리가 뭐라고?

"설문조사위원. 그러니까 북한 사람들이 대한민국 정부의 통치에 얼마만큼 만족하고 있는지 알아보는 사람들."

은아의 대답을 들은 유석이 다시 물었다.

"실제로 그런 활동을 하는 사람이 있는 거야?"

"물론. 여론을 알아보는 건 중요한 거니까. 지금처럼 흡수통일을 한 뒤에는 더더욱. 뭐 나름대로 국책사업이야."

"그럼 직접 일일이 사람들을 찾아가서 조사를 하는 건가?"

"그래야겠지. 시간은 많이 걸리겠지만. 뭐 싸움하러 온 건 아니니까 되도록 치안이 좋은 구역으로 다니자."

"알았어."

은아가 말하는 치안이 좋은 구역이란 대개 경찰서나 군부대의 거리와 비례했다.

말하자면 경찰서나 군부대와 가까운 지역일수록 치안이 좋다는 것이다.

따라서 유석과 은아는 일단 경찰서 주변 지역을 탐문했다.

아무래도 싸우는 일이 아니다 보니 경험 많은 은아 쪽이 할 일이 많았다.

"안녕하세요? 대한민국 정부에서 나왔습니다. 잠시 시간 좀 내주실 수 있을까요?"

은아가 나서 옛 북한 주민들에게 붙임성 좋게 접근했다.

이런 식의 접근이 다 그렇듯 외면하거나 무시하는 사람도 있었지만, 다행히도 받아주는 사람도 있었다.

"그러슈. 뭘 물어볼 건데?"

"옛 북조선인민공화국 출신 주민들의 현재 상황에 대한 만족도를 묻는 설문입니다. 수고스러우시겠지만 질문에 매우 만족, 만족, 보통, 불만족, 매우 불만족. 이 다섯 가지 중 하나를 골라서……."

주민에게 이야기를 풀어놓는 은아의 언동은 전문 설문조
사요원 못지않았다. 이야기를 다 들은 주민은 자기의 뜻을
밝혔다.

요약하면 나는 대한민국 정부의 크신 은혜에 진심으로
감사한다 정도의 이야기였다.

그 말을 들은 유석은 주민을 다시 한 번 살펴보았다.

당장 굶어죽거나 심각한 영양실조로는 보이지 않지만 그
래도 메마른 몸, 그리고 허름하다 못해 추레한 차림새.

아무리 봐도 눈앞의 주민이 잘 먹고 잘사는 사람으로는
보이지 않았다.

못 먹고 못 산다면 아무래도 정부에 대한 불만 같은 것이
늘어나는 법 아닌가?

이어 다른 주민 몇을 설문해도 결과는 비슷했다.

모두들 현 정부에 대단한 만족감을 표하는 것이 흡사 지
상낙원에 사는 사람들 같았다. 이상하게 여긴 유석이 은아
에게 속삭였다.

"뭐가 이래? 전부 만족한다는 대답만 나오고 있잖아."

"하는 수 없지. 북한 주민들이야 만족한다고 대답하지 않
으면 바로 총살당하는 시절을 겪은 사람들이잖아."

"아, 그런가… 그런데 그렇다면 지금 이 일을 하는 의미
가 있나?"

"좀만 기다려. 그래도 설문조사위원을 위장했으니 그렇게 보여야지."

근 한 시간 가까이 의미 없어 보이는 설문조사 작업을 끝낸 뒤에야 은아는 본격적인 업무에 들어갔다.

"안녕하세요. 대한민국 정부에서 나왔습니다. 잠시 시간 좀 내주실 수 있을까요?"

이렇게 시작하는 것은 이전 설문조사와 똑같았다.

그렇게 설문조사를 마친 뒤 마지막에 지나가듯 묻는 것이었다.

"그런데요. 최근 뭐가 좀 분위기가 그런 가봐요?"

빙빙 돌리는 은아의 말에 주민이 고개를 갸웃거렸다.

"뭔 소리요?"

"뭐라더라? 사람들이 하나둘 사라진다는 소문이 있어서요."

"뭐? 사라져?"

"네, 혹시 들어 보신 적 있나요?"

"글쎄올시다. 난 몰라요."

이렇게 첫 번째는 허탕이었지만 은아는 몇 사람에게 이것을 반복했다.

"사람이 사라져? 잘 모르겠는데요."

"들어는 봤지만……. 어디로 튄 거 아냐?"

"모르겠습니다만."

허탕이 반복된 끝에 마침내 들을 만한 이야기를 하는 사람이 나타났다.

"사람이 사라지는 일 말이오?"

"네."

"그러고 보니 확실히 리순식이네 아들이 온데간데없이 사라졌다고 들었는데……."

"리순식이라는 댁의 아들이 사라졌다고요? 혹시 그 리순식이라는 분이 어디에 사시는지 아시나요?"

주민은 자기가 언급한 리순식이라는 사람이 사는 주소까지 알려 주었다.

유석과 은아는 곧장 리순식의 집으로 향했다.

똑똑—

"계십니까?"

허름한 판잣집에 도착하자 유석이 문을 두드리며 불렀다. 잠시 후 꽤나 고생 많이 한 인상의 여자가 문을 열었다.

"리순식 씨?"

유석의 질문에 여자가 힘없이 고개를 끄덕이며 물었다.

"누구세요?"

"저희는 대한민국 정부에서 나왔습니다만."

그 말을 들은 순식이라는 이름의 여자가 눈살을 찌푸렸다.

"······."

뭐라 말은 하지 않았지만 대한민국 정부에 대해 비호감을 가진 것은 분명해 보였다.

지금까지 '대한민국 정부의 은혜에 성은이 망극하옵니다'를 외쳐대는 사람들만 만나온 탓일까. 이런 순식의 반응은 오히려 신선하기까지 했다.

"무슨 일로 왔어요?"

뒤늦게 말한 순식의 목소리에는 가시가 돋아 있었다. 은아는 사근거리는 목소리로 대답했다.

"저희는 순식 씨 아드님 소식을 듣고······."

"그런 말 하려면 나가요."

"네?"

"나가라구요."

물론 은아는 나가라는 소리를 듣는다고 순순히 나갈 생각은 전혀 없었다.

하지만 계속 사근거리는 목소리로 말을 걸어도 순식은 요지부동이었다.

"아드님에 대한 이야기를 좀······."

"해봤자 의미 없잖아요?"

"그게 아니라······."

"시끄러워요."

순식에게서는 정부를 향한 적대감까지 느껴졌다.

아무래도 은아의 방식으로는 순식에게서 뭘 들을 수 없을 것 같았다.

그렇게 생각한 유석은 한 번 자신이 나서기로 했다.

"우리가 해결해 주겠습니다."

"네?"

갑작스런 유석의 말에 순식이 놀란 표정으로 유석을 바라보았다.

놀란 건 은아도 마찬가지였다. 대화를 이끌어 나가는 것은 자신의 역할이었으니 말이다

그런 두 사람의 놀람에도 유석은 말을 계속했다.

"아드님이 실종되었다고요. 그 일을 해결해 드리려고 왔습니다. 그러니 협조해 주십시오."

단호한 표정으로 유석이 말하자 순식은 잠시 말을 잊고 유석을 쳐다보기만 했다.

옆에서 은아가 무슨 짓이냐고 팔꿈치로 쿡쿡 찔러댔다. 하지만 잠시 후, 순식이 고개를 끄덕였다.

"정말 해결해 줄 수 있나요?"

"네."

"그럼 들어오세요."

누그러든 순식의 태도에 은아가 놀라 유석을 바라보았

다. 유석도 일이 이렇게 잘 풀릴 줄은 몰랐기에 어깨를 으쓱거릴 뿐이었다.

아무튼 두 사람은 순식의 집에 들어갔다.

집 밖이 초라하듯 집안 역시 금세라도 무너질 듯 초라했다.

하지만 집주인 순식의 얼굴에는 가난이 원인이 아닌, 그이상의 시름이 가득했다.

"내놓을 만한 게 없구만. 물이라도 마셔요."

순식은 손잡이가 나간 머그컵과 밥그릇에 물을 담아왔다.

집 안 풍경을 보면 이런 대접이 박하다고 감히 내색할 게 못되었다.

유석이나 은아나 감사히 물을 받아 마셨다.

"그래, 괜찮으시다면 자세한 이야기를 들을 수 있을까요? 아드님이 언제 실종되었는지."

은아가 말했지만 순식은 대답 대신 유석을 바라보는 것이었다.

낌새를 챈 유석이 입을 열었다.

"말씀드린 대로 그 일을 처리하는 데 최선을 다하겠습니다. 그러니 협조를 해주세요."

비록 공무원 같은 양복을 입고 있었지만, 이렇게 말하는 유석에게서는 믿음직스러운 아우라가 발하고 있었다.

옆에서 그 모습을 본 은아도 왜 순식이 자신보다 유석을 믿는지 조금은 알 것도 같았다.

"…한 달 정도 되었구만. 내 아들은 여기 장마당에서 허드렛일도 하고 팔 만한 게 있으면 팔고 그런 애요. 근데 걔가 뒷산에 칡이라도 캐러 간다고 하고 나간 뒤 여태 소식이 없단 말이요."

"뒷산?"

"그래요. 이 뒷산 말이우."

유석도 은아도 순식이 말하는 뒷산을 본 적이 있었다.

전혀 험준해 보이지 않는 야트막한 동산으로서 그런 산에서 어른 남성이 혼자서 실종될 가능성은 낮아 보였다.

확인 겸 은아가 물었다.

"그곳에 별다른 위험한 건 없는 곳이죠?"

이제 은아도 믿기로 했는지 순식은 순순히 고개를 끄덕였다.

"물론. 예전부터 그 산에는 뭐 위험하고 이런 건 없었어요. 사람들이 하도 파헤쳐서 뭘 캐봤자 아무것도 안 나온다면 모를까 위험한 거야 뭐 있었겠어요."

"그런 산에 간 아드님이 실종되셨다고요. 경찰에 신고는 하셨나요?"

"당연히 했죠. 처음에는 뭐 조사 같은 걸 하는 것 같더니 그걸로 끝이에요."

유석과 은아는 조금 전 보았던 경찰들의 무력한 모습을 떠올렸다.

그들도 심각한 인력부족에 시달린다니 경찰들 탓만 할 수는 없겠지만 그래도 그것이 자신의 할 일을 소홀히 한 면 죄부가 될 수는 없었다.

"그 산이라는 곳에 한 번 가 봐야겠군."

"그래, 그게 좋겠어. 뭔 흔적이라도 찾을 수 있는지 가보자."

결정을 내린 유석과 은아는 집을 나섰다. 그런 둘에게 순식이 다시 한 번 부탁했다.

"제발 저희 아들을 찾아주세요. 남편도 죽고 남은 건 아들 하나뿐입니다. 제발……."

"최선을 다하겠습니다."

유석으로서는 이렇게 말 할 수밖에 없었다.

최선을 다하겠다. 아마 순식이 그 말을 들은 게 처음은 아닐 것이다.

그렇다고 100퍼센트 확률로 찾아드리겠다 같은 책임질 수 없는 이야기를 할 수는 없는 일이었다.

그렇게 순식의 집을 나선 유석과 은아는 그녀가 말한 뒷산에 올랐다.

통일 이전 굶주린 북한 주민들이 얼마나 파헤쳤는지 나무는 고사하고 풀뿌리마저 찾아보기 힘든 민둥산이었다.

혹시나 싶어 산을 둘러봐도 위험한 낭떠러지나 가파른 골짜기 같은 것은 전혀 보이지 않았다.

이런 산에서 죽으려면 갑자기 심장마비가 오거나 재수없이 자빠져 뒤통수가 깨지거나 해야만 가능하다고 생각될 정도였다.

하지만 그런 케이스라면 시체가 발견되어야 하지 않겠는가. 그것도 아니고 실종된다는 것은 아무리 생각해도 이상했다.

"역시 사망 사건은 몰라도 실종 사건이 일어날 만한 곳은 아니야."

산을 다 둘러본 은아가 한마디로 정의했다. 유석도 동의했다.

"내 생각도 그렇다. 이런 데서 실종이 일어나려면 스스로 사라지거나, 아니면 누군가에게 끌려가거나."

"그 두 가지밖에 없겠지."

"어느 쪽이든 이 산을 뒤지는 건 의미가 없겠는데."

"맞아. 이런 산은 산 사람은 고사하고 시체가 파묻혀도 금방 들통 나겠어. 게다가 실종자 숫자가 그 집 아들뿐만 있는 것도 아니잖아. 아무래도 다른 데 뭔가 있는 것 같아."

"다른 곳이라."

유석은 잠시 생각해 보았다. 그러나 유석은 아직 이쪽 업계에 발을 디딘 지 일 년 남짓한 초보에 불과했다.

경험이 부족한 탓인지 생각해도 떠오르는 게 없었다.

"잘 모르겠는데."

그런 유석의 말에 은아도 고개를 끄덕였다.

"마찬가지야."

"너도 모른다고."

"나도 여기 막 도착한 입장이잖아. 이런 상황에서 하는 방법은 역시……."

잠시 생각하던 은아가 무어라 말했다. 그 말을 들은 유석이 의외라는 표정으로 말했다.

"그런 방법을 쓰겠다고?"

"다른 방법이 없으니까."

확실히 다른 방법이 없었다.

그러면 하는 수 없다고 생각하며 유석은 무의식적으로 손마디를 꺾었다.

세계적으로 치안이 우수하다고 인정받는 남한 지역에서도 암흑가와 조폭이 존재한다.

하물며 남한 지역에 비해 치안이 크게 떨어지는 북한 지역에 그런 게 존재하지 않을 리 없었다.

태천군에도 물론 그런 것들이 존재했다. 비록 규모가 작고 초라할지언정 암흑가와 조폭 모두 존재했다.

암흑가라고 이름 붙이기도 초라한 뒷골목. 조직의 이름조차 갖춰지지 않은 불량배들의 모임.

이렇게 초라한 녀석들이라도 본질적으로 선량한 사람들을 등쳐먹고 사는 사회의 해충들이라는 것은 다를 바 없었다.

그리고 오늘은 그 해충 몇 명이 험한 꼴을 당하는 날이었다.

"우악!"

비명과 함께 불량배의 몸이 공중에 치솟았다 바닥에 떨어졌다.

크게 다친 곳은 없었지만 엄청난 힘으로 던져진 탓에 충격이 만만치 않았다.

"뭐, 뭔데 내게 이러는 거야?"

충격을 받은 불량배는 도망도 가지 못하고 자길 공격한 자들에게 물었다.

불량배를 공격한 한 쌍의 남녀. 바로 변장한 유석과 은아였다.

복장을 갈아입고 얼굴을 조금 바꿈으로써 공무원에서 뒷골목 남녀로 변신한 것이었다.

유석은 대답 대신 불량배의 멱살을 잡아 들어 올렸다. 한 손으로 잡고 들어 올렸는데도 불량배의 두 다리가 공중에 떴다.

한쪽 팔의 힘으로 사람을 들어 올린다는 것은 보기 드문 괴력이다.

불량배는 숨이 막혀 캑캑거리면서도 두려움에 사로잡혔다.

"왜 이러는지는 모르겠지만 제발 말로 좀……."

일단 유석은 불량배가 호흡을 원활히 할 수 있도록 내려주기는 했다.

하지만 붙잡은 것을 풀어주지는 않았고, 완전히 위축된 불량배 역시 도망치거나 반격할 엄두조차 내지 못했다.

이로써 이 불량배는 제압되었다. 그렇게 결론지은 은아가 나서 물었다.

"우리가 아저씨한테 좀 물어볼 게 있거든."

"무, 물어? 뭘?"

"요즘 이 동네에서 사람들이 사라지는 거. 뭔가 알고 있지 않아?"

불량배가 고개를 내저었다.

"무슨 소린지 모르겠는데."

"다 알고 왔거든. 아저씨가 불지 않는다면 불가피하게 아저씨의 배를 가르고 내장을 뽑을 수밖에 없겠는데?"

"뭐라고?"

"알고 있는지 모르겠지만 사람은 내장이 뽑혀도 금방 안 죽거든. 물론 내장 종류에 따라 다르지. 심장이야 뽑히면 즉사지만 위나 창자 이런 건 뽑혀도 금방 안 죽어. 자백을 할 시간은 충분하다는 말이야."

그렇게 말하며 은아는 나이프를 꺼냈다. 입가에 미미한 미소까지 띤 게 지금 상황과 앞으로 벌어질 상황까지 즐기는 듯했다.

앞으로 벌어질 상황.

아마도 사람을 산채로 해부하는 것이다.

유석이든 은아든 기꺼이 그 일을 행할 기세였다. 이렇게 되니 불량배의 입장이 심히 곤란해졌다.

대체 이 연놈들이 어디서 튀어나온 것들인지는 모르겠다. 그러나 지금 중요한 것은 해부당할 위기에서 벗어나는 일이다.

"잠깐, 잠깐!"

급히 불량배가 외치자 은아가 눈을 깜빡거리며 물었다.

"뭐 유언이라도 남기게?"

"말할 게. 말한다고!"

"응? 지금 굳이 말할 필요는 없는데. 네 눈으로 네 창자를 보면서 이야기를 하는 게 더 재미있지 않겠어?"

"씨발, 다 말한다니까! 제발 용서해 줘!"

그런 불량배의 태도 변화에 은아는 나이프를 까닥거리며 말했다.

"그럼 빨리 말해."

"그러니까……."

꼼짝없이 불량배는 자신이 아는 것을 전부 털어놓았다. 다 들은 은아가 유석에게 눈짓을 했다.

유석이 손날로 불량배의 뒷목을 가격하자 불량배는 그대로 바닥에 고꾸라졌다. 물론 기절만 시킨 것이었다.

쓰러진 불량배를 내려다보며 은아가 중얼거렸다.

"이 녀석이 떠든 게 사실이어야 할 텐데."

그런 은아에게 유석이 말했다.

"우리는 법을 지켜야 한다고 들은 것 같은데. 지금 한 짓은 불법 아냐?"

은아는 그런 유석에게 윙크하며 말했다.

"가끔은 좀 지저분한 방식으로 일을 처리해야 할 때도 있는 법이야."

"가끔?"

"그래, 가끔. 그것이 아니면 답이 없는 경우에 한해서 말이야."

"……."

"너무 그런 눈빛으로 쳐다보지 마. 내가 예쁜 건 알지만 그렇게 쳐다보면 부담스러워."

난데없는 농담에 유석은 순간적으로 할 말을 잃어버렸다.

비록 연기이기는 했지만 방금 전 사람을 산채로 해부하니 어쩌니 말했던 입이 아닌가.

그랬던 은아의 입이 이제는 농담을 말하고 있다. 역시 은아도 보통 여자는 아니다. 유석은 그렇게 속으로 중얼거리며 말했다.

"그래, 이 녀석 말한 곳을 찾아가 볼 거야?"

"물론이지. 인신매매 조직이라니… 그게 사실이라면 그놈들이 우리 일과 관련 있든 없든 남겨두면 안 돼."

"어떻게 처리하게. 우리 둘이서 하게?"

"음. 유석이 네가 있으니까 그게 불가능하지는 않겠지만……. 그래도 그런 무식한 방법보다는 좀 더 확실한 방법을 쓰는 게 좋겠어."

두 사람은 잠시 머리를 맞대고 의논한 뒤 현 상황을 상부에 보고했다.

"좋다. 그렇게 하도록."

상부의 허락을 받은 두 사람은 곧장 행동에 들어갔다.

비록 남북통일이 된 지 10년이 지났지만 아직 남북이 완전히 융화된 것은 아니었다.

남한 출신 일반인이나 북한 출신 일반인은 아직 남북한을 자유로이 오가지도 못할 정도였다.

이는 북한 지역의 난민이 남한으로 떼를 지어 몰려와 남한 지역이 혼란에 빠지는 사태를 막기 위함이었다.

그러나 휴전선을 경계에 놓고 남과 북이 총부리를 겨누고 대치하던 시절도 아니고 남북통일을 이룬 시대다.

언제까지 남북한 주민들이 오가지 못하게 막을 수는 없는 일이었다.

실제로 남북한의 주민이 상대 지역을 오가기 어렵다고는 하지만 그것은 어디까지나 법을 지킬 경우에 그렇다는 것이다.

법 같은 것을 상관하지 않는 범죄자들 중에서는 법을 무시하고 옛 38선을 넘어 넘나드는 사람들도 얼마든지 있었다.

예전 같으면 월북이라는 것은 정신병자나 경찰에 붙잡히

면 교수대행이 확실한 자가 아니라면 할 짓이 못되었다.

월북자 북한에서 사는 것보다는 남한의 교도소에서 사는 게 훨씬 나으니 말이다.

하지만 지금은 사정이 달라졌다.

북한 지역은 여전히 낙후되었지만 대한민국 정부와 제우스 그룹 등 세계 각지의 지원으로 최소한 사람이 굶어죽지는 않는 곳으로 변했다.

낙후되기는 했지만 굶어죽지는 않고 치안력이 제대로 미치지 못하는 곳.

즉, 북한 땅은 남한 지역의 범죄자 입장에서는 도피처로 고려해 볼 만한 지역이 되어버린 것이다.

이런 연유로 북한 지역으로 도망치는 남한 범죄자들이 적지 않았다.

심지어 그들은 북한의 범죄자들과 손을 잡고 조직을 결성하기도 했다.

독사파도 그런 범죄조직 중 하나였다.

남북한의 범죄자들이 손을 잡고 만든 조직으로서 태천군을 주 무대로 각종 범죄를 자행하는 사회의 쓰레기였다.

태천군의 지하 비밀주점. 독사파의 본부. 도박과 매춘, 마약이 성행하는 타락한 곳이었다.

그 비밀주점의 안쪽 룸에서는 두 남자가 술잔을 기울이

고 있었다.

한쪽에 앉은 남자의 이름은 정기동. 다른 쪽에 앉은 남자의 이름은 김총연.

각각 독사파의 남한 측 두목과 북한 측 두목을 맡고 있었다.

"이번에 새로운 사업 말이야. 그거 계속할 거야?"

자기 앞에 놓인 잔을 원샷한 기동이 물었다. 총연은 마시려던 술잔을 내려놓고 대답했다.

"계속 안 하면?"

"그거 하기 전 일로도 충분히 먹고 살 만한데 굳이 위험한 일을 할 필요가 있느냐는 거지."

"이거 기동이 답지 않게 왜 이러네? 우리 일이 다 위험한 거지 뭘 그거 가지고 그렇게 주저하는 거여? 우리가 언제까지 태천군에만 머물 건 아니잖나. 딴 조직이랑 싸우려면 자금이 튼튼해야 한다고. 지금 그 일보다 돈 많이 주는 일이 어딨네?"

"그야 그렇지만, 좀 너무 눈에 띄는 건 그렇다는 거지."

"걱정 마라. 돈 뿌릴 데는 뿌리고 숨길 건 숨기고 했어. 뭔가 낌새가 이상하면 우리가 먼저 튀면 그만이야. 자, 너무 걱정 말고 술이나 들어."

내가 너무 과민한 것인가. 속으로 중얼거리며 기동은 총연이 권하는 술잔을 받아 마셨다.

확실히 좋은 술이요, 나쁘지 않은 삶이었다.

남한 지역에 남아 있었으면 여러 가지 다양한 범죄를 저지른 범죄자로서 최소 10년 이상 감옥에 썩어야 했을 기동이다.

그러다 우연히 북한으로 갈 기회를 얻고 이렇게 넘어와 노력한 끝에 제법 그럴듯한 조직의 공동 두목이 되었다.

연고도 뭐도 없는 북한으로 간 것은 모험이었지만 그 모험이 성공한 것이다.

"야야, 너 거기 이리 와 보라우."

그런 기동의 맞은편에서 술을 마시던 총연이 누군가를 불렀다.

부름을 받고 다가온 것은 낯선 호스티스였다.

비록 얼굴은 낯설었지만 미모는 상당한 게 눈길을 끌었다. 술이 얼큰해진 총연은 히죽거리며 물었다.

"너 못 보던 얼굴인데?"

질문을 받은 호스티스가 얼굴이 조금 빨개지며 대답했다.

"며칠 전부터 다니기 시작했습니다."

"남조선 말투네?"

"네, 거기서 좀 쫓기는 일이 있어서……."

요즘 세상에 여자라고 월북하지 마라는 법은 없다.

범죄를 저질렀거나 사채라도 썼거나, 이렇게 북한 지역에 와서 호스티스를 할 만한 이유는 얼마든지 있었다.

물론 아무 남한 출신이나 다 여기에서 일을 할 수는 없었다.

호스티스라도 조직의 부하에게 신원 검사를 거친 뒤에야 일을 할 수 있다.

그러니 이 낯선 호스티스가 수상한 녀석일 확률은 거의 없다고 할 수 있었다.

총연은 호스티스의 미모가 자못 끌리는지 손까지 잡으며 말했다.

"오늘 니 나랑 자겠나?"

"네?"

"뭘 그리 놀라나? 나랑 자면 손해 볼 일은 없을 거라."

사실 총연은 마음에 드는 여자가 있으면 이렇게 직접적으로 들이대기로 악명이 높았다. 거절하면 물론 힘으로 억누른 뒤 취할 뿐이다.

따라서 지금 이 호스티스의 운명은 순순히 따르느냐 강제로 당하느냐 차이뿐이었다.

호스티스는 들은 말이 있었는지 생각할 것도 없다는 듯바로 고개를 끄덕였다.

"네, 네. 알겠어요."

"좋아."

총연은 주변을 둘러보았다. 자신이 할 일이 있는가 찾는 것이었다.

특별한 일은 없는 것 같자 그대로 호스티스의 어깨를 잡으며 자리에서 일어났다.

"그럼 가자우."

"…네."

"기동이 닌 어쩔거네?"

"나도 들어가 자야겠어. 피곤하군."

기동도 자리에서 일어났다. 그렇게 두 사람은 각각 자신의 숙소로 돌아갔다.

총연은 호스티스가 상당히 마음에 드는지 자기 방으로 가는 내내 싱글벙글이었다.

"사실 우리 북조선 계집은 평양 출신 애들이 아닌 담에야 거의 다 시원찮아. 애들이 커야 할 때 제대로 못 먹다 보니 뭐 여자처럼 크질 못했단 말이야. 역시 계집은 남조선 계집이 최고라니까."

술이 얼큰해진 총연은 혀 꼬부라진 소리로 주절거리며 호스티스와 함께 방으로 들어갔다.

이럴 때를 대비하여 방에는 침대가 완전히 세팅되어 있

었다.

"그럼, 벗으라우."

총연의 명령에 호스티스는 살짝 얼굴을 붉히며 옷자락을 잡았다. 그런 반응에 총연은 오히려 기분이 좋아졌다.

반항을 한다면 두들겨 팼을 것이다.

하지만 그런 게 아니라 저렇게 부끄러워하는 건 오히려 이쪽을 흥분되게 만들었다.

"내 말 안 들리나? 빨리 벗으라."

"네, 네."

호스티스는 더듬거리며 천천히 옷을 벗기 시작했다.

행동거지가 서툰 것을 보니 이런 일이 처음인 모양이었다.

그렇다면 처녀인가. 더욱 좋다.

입맛을 다시며 총연은 호스티스가 옷을 벗는 광경을 지켜보았다.

마침내 호스티스가 옷을 다 벗었다.

날씬하면서 꽤나 균형 잡히고 다부진 속살이 드러났다. 호스티스의 몸을 가려주는 건 싸구려 브래지어와 팬티 한 장뿐이었다.

"……."

아무래도 부끄러운지 호스티스는 가슴과 하반신을 양팔

로 가렸다. 총연이 히죽거리며 명령했다.

"마저 벗으라."

"……"

"마저 벗으라 하지 않았네?"

"정, 정말요?"

"안 벗으면, 내가 벗겨줄까?"

"그게……."

겉옷을 벗는 것과 속옷을 벗는 것은 크게 다를 수밖에 없다.

나름대로 결심을 했을 호스티스도 그것만은 망설여지는지 주저하는 것이었다.

잠시 기다려 준 총연이었지만 오래 기다릴 수는 없었다. 눈을 부라리는데도 호스티스가 좀처럼 옷을 벗지 않자 마침내 총연의 손이 올라갔다.

"내 말 안 들리나?"

"히익!"

놀란 호스티스가 신음 소리를 냈다. 그러면서도 옷은 벗지 않는 게 정말 이런 일이 처음인 듯했다.

적당히 앙탈을 부리는 것은 즐겁지만 도에 지나치면 짜증이 난다.

이미 발동이 걸린 총연은 밀어 붙이기로 했다.

"안 되겠구만. 일단 누으라."

말하며 총연은 호스티스의 팔을 우악스럽게 잡아끌어 침대에 내던지듯 눕혔다.

그러고는 자신도 대충 옷을 벗어젖힌 뒤 그대로 호스티스를 덮치려 했다.

"끅!"

그때 바깥에서 이상한 소리가 들려왔다. 총연은 하려던 행동을 멈추고 소리를 질렀다.

"무슨 일이야!"

방 출입문 밖에는 만일의 사태를 대비하여 부하 한 명이 경비를 서고 있었다.

이렇게 총연이 외치면 당장 뭐라고 대답을 해야 한다.

"……."

이상하게도 대답은 돌아오지 않았다. 총연은 다시 한 번 외쳤다.

"이봐!"

"……."

침묵이 이어지자 총연은 취하고 흥분한 가운데서도 무언가 이상한 예감을 느꼈다.

예감이 이상할 때는 무기부터 꺼내고 보는 게 좋다는 것을 잘 아는 총연이었기에 일단 방구석의 서랍장으로 향했다. 호신용 권총을 꺼내려는 것이었다.

쾅!

미처 권총을 꺼내기도 전에 문이 부서져라 열렸다.

요란하게 나타난 남자를 본 총연이 눈을 부릅떴다.

"넌?"

이십대 중반으로 보이는 젊은 남자.

옷차림을 보건대 이 비밀주점에서 일하는 똘마니 중 한 명 같았다.

그러고 보니 어제 즈음부터 지나다니는 것을 본 것 같기도 했다.

저 똘마니 녀석이 대체 무슨 이유로 이렇게 요란스런 등장을 했다는 말인가.

총연은 눈앞의 남자가 단순 똘마니가 아니라는 사실을 깨달았다.

"누구냐?"

질문을 받은 남자, 유석이 대답했다.

"널 체포한다."

자기 신분은 밝히지 않았지만 체포 운운하는 걸 보니 사법기관이나 그에 관련된 곳에 종사하는 인간임에는 틀림없어 보였다.

"썅!"

욕설과 함께 총연은 서랍장을 열었다.

어차피 사법기관에 잡히면 법정 최고형을 면하기 힘든 자신이다.

상대가 정말 사법기관에 종사하는 자든 아니든 지금은 이 자리에서 쏴 죽여야 할 타이밍인 것 같았다.

서랍장에서 장전된 권총이 나왔다.

통일 직후 북한군이 해체되는 과정에서 흘러나온 물건이었다.

권총을 쥔 총연이 그대로 유석에게 겨누려 했다. 그때 죽은 듯 누워 있던 호스티스가 방구석에 놓여 있던 의자를 들어 휘둘렀다.

의자는 총연이 쥔 권총 끝에 맞았다. 총구가 크게 휘면서 방아쇠가 당겨져 총성이 울려 퍼졌다.

총연은 이 호스티스도 보통 녀석이 아니라는 사실을 깨달았다.

그렇지 않고 평범한 여자라면 이런 다급한 상황에서 이렇게 정확한 공격을 할 수가 없었다.

'설마 저놈과 이년이 한패인가?'

그렇게 생각하면 지금 사태가 납득이 갔다. 그렇다면 둘 다 없애야 한다.

일 초도 안 되는 시간에 총연의 머리가 정신없이 돌아갔다.

'젠장!'

워낙 짧은 시간이라 많은 생각이 떠오를 리 없었다.

그나마 약해 보이는 호스티스를 인질로 잡고 어떻게 해 보자. 이렇게 결론 내린 총연은 호스티스를 덮쳤다.

물론 호스티스도 보통 계집은 아닌 것 같다.

하지만 총연도 어릴 적부터 사람을 때리거나 죽이는 걸 밥 먹듯 해온 인간이었다. 최소한 계집에게는 지지 않을 자신이 있었다.

"망할 년!"

큰 소리로 외치며 총연은 호스티스에게 달려들었다.

그야말로 사자후를 토했는데도 눈 하나 깜짝하지 않는 게 과연 호스티스는 보통 계집이 아니었다.

총연의 주먹이 호스티스의 얼굴을 향해 날아갔다.

예쁜 얼굴이 망가지는 것은 아까웠지만 상황이 상황이니 인정사정 둘 수가 없었다.

호스티스는 양팔을 교차하여 총연의 주먹을 가드했다. 주먹과 팔이 부딪힌 순간 호스티스가 눈살을 찌푸렸다.

가드가 완벽했는데도 주먹의 위력이 상당했던 것이다. 그 틈을 놓치지 않고 총연은 호스티스를 우악스레 붙잡으려 했다.

그러나 호스티스는 놀랄 만한 몸놀림으로 그런 총연의

움직임을 피해냈다. 동시에 유석이 총연에게 달려들었다.

'……!'

유석의 존재를 인지한 총연은 황급히 방어하려 했다. 그러나 유석이 쇄도해 오는 속도는 총연의 상상을 훨씬 뛰어넘었다.

어떻게 손을 쓰거나 다시 생각해 볼 겨를도 없이 유석의 손이 총연의 멱살을 틀어쥐었다.

총연은 황망한 와중에도 비상용으로 숨겨두었던 나이프를 꺼내려 했다.

그러나 그전에 유석의 팔꿈치가 총연의 얼굴에 꽂혔다. 일격을 허용한 총연은 하마터면 정신을 잃을 뻔했다.

"크윽!"

그나마 정신을 잃지는 않았지만 너무 큰 타격을 입은 탓인지 팔다리에 힘이 빠지는 것이었다.

그렇게 총연은 나이프도 못 빼고 완전히 제압당했다.

유석은 케이블타이를 꺼내 총연을 포박했다. 그러고는 호스티스를 돌아보며 물었다.

"괜찮아?"

호스티스, 은아가 맞은 팔을 주무르며 대답했다.

"힘 한 번 더럽게 센 녀석이네. 너와 비교하면 아무것도 아니겠지만."

"그런데……."

그제야 유석은 은아가 반 누드와 다름없는 상태라는 것을 깨달았다.

유석이 사춘기 학생은 아니지만 여자 경험이 그렇게 많은 편도 아니라 외간 여자의 반 누드는 꽤나 자극적이었다.

"옷부터 입어."

은아도 새삼 자기 상태를 깨닫고는 얼굴이 빨개졌다.

"참 임무라고는 하지만 정말 못해먹겠네. 아무리 내가 예쁘기로서니 보자마자 덮치려 들다니 원."

구시렁대며 옷을 챙겨 입는 은아의 모습에 유석은 잘도 자기 입으로 예쁘다는 소리가 나온다고 생각했다.

그러나 자기 입으로 자기가 예쁘다고 말했다고 은아를 공주병이라 할 수는 없다. 엄연한 사실이니까.

얼굴은 물론이요, 반 누드로 본 몸매는 과연 명불허전 급으로 뛰어났다.

유석은 머리를 흔들어 지금의 감정을 떨쳐냈다. 언제 총탄이 날아들지 모르는 임무중이니 말이다.

"그 기동이라는 녀석도 처리했다."

유석의 말에 옷을 챙겨 입은 은아도 임무 모드로 돌아갔다.

"그 녀석 먼저 처리하고 온 거야?"

"그래."

"죽이지는 않았지?"

"물론."

"너 혼자인데 지금 녀석이 도망치거나 하면 어떻게 하지?"

"두 다리를 모두 부러뜨린 뒤 묶어 놨으니 도망은 못 칠 거야."

"아, 그래……."

물론 유석이 무저항인 사람의 다리를 부러뜨리는 짓을 한 것은 아니었다.

유석이 이곳에 오기 전 기동을 먼저 찾아갔을 때, 그쪽에서 보인 반응은 대략 이랬다.

'염병할. 죽어라!'

그러면서 손도끼를 휘둘러 덮쳐온 것이다.

물론 실력이 있다고는 해도 조폭 따위가 유석의 상대가 될 리 없었다.

오히려 상대가 흉기를 들고 자기를 죽이려 한 게 고맙기까지 했다.

이쪽에서 다소 과격한 수단을 동원해도 저쪽에서 할 말이 없으니 말이다.

기동이 휘두른 손도끼는 2초 만에 유석에게 빼앗겼다.

그리고 두들겨 맞은 뒤 의식을 잃었다.

덤으로 유석은 지금 은아에게 말했듯 기동의 다리를 부러뜨린 뒤 묶어 놓았다. 도주를 막기 위함이었다.

지금까지는 작전이 제대로 성공한 것이었다. 이제는 바깥에서 잘해 줘야 할 때다.

"대체 무슨 소리야!"

"두목 방이다. 빨리 가봐!"

총소리를 비롯한 소란 탓에 바깥에서도 상황을 어느 정도 눈치챈 모양이었다. 바깥 소리에 귀를 기울이던 유석이 말했다.

"아직인가 본데."

"아직이라고? 이런……."

"잠시 우리끼리 버텨야겠다."

유석은 침대를 들어 올리고 가구를 움직여 바리케이트를 만들었다.

은아는 총연이 떨어뜨린 권총을 쥐었다. 총격전을 대비한 조치였고, 현명한 선택이었다.

몇 초 후, 문이 열리며 독사파의 똘마니들이 모습을 드러냈다.

그들 중 몇은 총기류로 무장하고 있었다.

박살 난 채 쓰러져 있는 자신들의 두목 총연. 그리고 멀쩡한 유석과 은아.

굳이 설명하지 않아도 여기서 무슨 일이 벌어졌는지는 알 만한 일이었다.

"저것들 죽여!"

말은 필요 없다는 듯 누군가 외쳤다.

총이 겨누어지고, 유석은 몸을 피했으며 은아는 유석이 만들어 준 침대 바리케이트에 몸을 숨겼다.

타타탕!

몇 발의 총성이 울려 퍼졌다. 적들이 조폭 나부랭이들이라 고작해야 권총 정도나 가지고 있을 뿐 자동화기는 갖추지 못한 게 다행이었다.

좁은 실내전에서는 하다못해 기관권총 한 정만 있어도 엄청나게 위협적이니 말이다.

권총에서 날아간 총탄들은 혹은 유석을 노리고 혹은 은아가 숨어 있는 바리케이트를 노렸다. 그러나 단 한 발도 명중시키지는 못했다.

"뭐야?"

"다 피해?"

엄청난 몸놀림으로 총탄의 세례를 피해내는 유석의 모습이 똘마니들은 경악했다.

그렇게 한바탕 총탄세례가 지나가고 반격할 시간이 왔다.

똘마니들이 재장전을 위해 사격을 멈춘 순간 유석이 몸을 날렸다. 그의 손에는 방구석에 놓여 있던 의자가 들려 있었다.

눈 깜짝할 사이 몸을 접근시킨 유석이 휘두른 의자가 선두에 있던 똘마니의 얼굴에 직격했다.

머리가 박살 나는 사태를 막기 위해 힘 조절을 했지만 똘마니가 안면복합골절을 입는 사태까지는 피할 수 없었다.

이어 옆에 있던 녀석에게 달려들고, 또 뒤에 있는 녀석에게 달려드는 식으로 움직이니 조폭 똘마니들이 배길 수가 없었다.

그래도 개중에는 정신을 차리고 어떻게 재장전을 마친 녀석이 있었다.

곧 그는 다시 유석에게 권총을 겨누었다.

탕!

똘마니가 유석을 쏘기도 전에 먼저 총성이 울렸다.

유석을 겨냥했던 똘마니는 오히려 자기가 어깨에 총을 맞고는 비명을 지르며 쓰러졌다.

"끄아악!"

은아가 지원사격을 한 것이었다. 그제야 바리케이트에 숨은 여자가 총을 가지고 있다는 사실을 깨달은 똘마니들이 외쳤다.

"저기 총이다!"

"저놈부터 죽여!"

당연히 똘마니 누구도 은아를 죽이지 못했다.

엄청나게 빠른 몸놀림으로 총구에서 벗어나며 의자를 휘두르는 유석의 공격에 하나하나 쓰러질 뿐이었다.

정신없이 싸우던 유석은 문득 바깥에서 무언가 다가오는 소리를 포착했다.

자동차, 그것도 여러 대가 한꺼번에 달려오는 소리였다.

유석과 은아의 눈이 마주쳤다. 둘 모두 이것이 의미하는 것을 알아챘다.

'드디어 왔군.'

유석이 속으로 중얼거렸다. 아마 은아도 똑같이 생각했을 것이다.

똘마니들도 귀머거리는 아니었다.

갑작스레 바깥에서 요란스런 소리가 울려 퍼지자 놀라 밖을 내다보는 자들이 있었다.

"저게 뭐야?"

"…젠장! 군대다!"

군대. 갑자기 미군이 출연하거나 러시아나 중국, 일본이 대한민국을 공격하여 이 북한 지역을 침공한 게 아니라면 지금 상황에서 나타날 군대는 딱 하나뿐이었다. 대한민국

국군 말이다.

여기 있는 똘마니들 치고 대한민국 국군을 반길 사람은 아무도 없었다. 아니, 모두들 배척하고 싶었다.

그러나 고작해야 권총 정도나 겨우 갖춘 조폭들이 제대로 무장한 것으로 추정되는 군대와 교전을 벌이는 것은 훌륭한 자살행위다. 모두들 상황을 파악하고는 외쳤다.

"도망쳐!"

"잡히면 끝장이다! 알아서 살 길을 찾아!"

이미 유석이나 은아에게 더 신경 쓸 상황이 못 되었다. 독사파 조직원들치고 공권력에게 붙잡히면 무죄방면될 수 있는 사람은 아무도 없었다.

그렇게 조직원들이 도망치기 시작하자 유석과 은아도 자기들의 일을 시작했다.

이렇게 조직 내부에 잠입하기까지 적잖은 노력을 했다.

독사파 조직원 한 명을 매수, 협박하여 이 주점에 위장취업을 하는 과정을 거쳤으니 말이다.

이렇게 수고로운 과정을 거친 이유는 다른 사람은 몰라도 보스급인 두 명. 총연과 기동만은 반드시 생포하기 위함이었다.

"그 기동이라는 녀석한테 가자."

유석의 말에 은아가 수긍했다.

"알았어."

"그럼."

유석은 의식을 잃은 총연을 들쳐 멘 뒤 기동을 회수하러 갔다.

밖으로 나가보니 독사파 조직원들은 군대의 출연에 우왕좌왕이었다.

총연을 들쳐 멘 유석과 그 옆의 은아를 보고도 본체만체 제 살길만 찾아 헤매는 자들도 있었다. 반면에 그렇지 않은 자들도 있었다.

"저기 두목이다!"

"젠장할, 두목을 챙겨!"

나름대로 충성심이라는 게 있는지 유석에게 덤벼오는 자들도 있었다.

그들이 총을 들이대자 유석은 들쳐 멘 총연을 방패로 썼다.

친애하는 두목님이 인간방패가 되자 아무도 감히 총을 쏘려고 하지 못했다.

총이 있어도 유석을 당하지 못하는 판인데 총까지 없으니 그다음은 뻔했다.

유석은 아예 들고 있던 총연을 무기삼아 휘둘러 덤벼온 녀석들을 쓰러뜨렸다.

당연히 기절해 있던 총연은 그 충격으로 정신을 차렸지만, 곧 유석에 의해 다시 기절했다.

그 광경을 지켜보는 은아는 어이가 없는 표정으로 중얼거렸다.

"인간 방패에 인간 무기라… 참 무식하다니까."

언제 봐도 그렇지만 유석의 전투능력은 나름대로 인간병기 소리를 듣는 은아가 보기에도 경이로울 때가 많았다.

그렇게 유석은 가로막는 모두를 인간 방패로 막고 인간 무기로 돌파하며 기동이라는 녀석을 묶어둔 곳으로 향했다. 하지만 막상 도착하니 기동의 모습은 보이지 않았다.

"여기야?"

은아의 물음에 유석은 주변을 두리번거리며 중얼거렸다.

"어디로 갔지?"

곧 두 사람은 기동을 묶어 놓았던 케이블타이가 끊어진 것을 발견했다.

유석은 기동의 팔다리를 케이블타이로 묶고, 다시 케이블타이로 자전거 묶듯 기동과 집안 테이블을 연결시켜 놓았는데 그것이 끊어진 것이었다.

밖으로 나간 유석은 누군가 들어갔다 나온 흔적을 발견했다.

유석은 들고 있던 총연을 은아에게 넘겨주며 말했다.

"다녀올게."

은아도 상황을 다 아는 터라 굳이 설명 같은 것은 필요 없었다.

"얼른 다녀와."

유석은 곧장 흔적을 쫓았다. 얼마 지나지 않아 부하 둘의 부축을 받고 도망치는 기동의 모습이 보였다.

"으악! 살살 좀 움직여!"

"참아요. 군대가 쳐들어왔다니까요!"

도망치는 기동은 죽는 소리를 내지르고 있었다. 그도 그 럴게 유석이 두 다리를 모두 부러뜨려 놓았으니 말이다.

부축을 받는다고 해도 한 걸음을 뗄 때마다 극심한 고통 을 느낄 게 분명했다.

유석은 말없이 근처의 의자를 들어 내던졌다.

바람처럼 날아간 의자가 기동을 부축하던 부하 한 명의 등판에 작렬했다.

그대로 부하는 고꾸라졌고, 부축을 받던 기동 역시 고꾸 라졌다.

"뭐, 뭐야?"

놀란 기동과 부하는 뒤를 돌아보았다. 유석을 발견한 기 동이 눈을 동그랗게 떴다.

"너 이 새끼!"

자기 다리를 부러뜨린 녀석과의 재회가 유쾌할 리는 없었다.

기동이 죽는 표정을 짓는 사이 의자에 맞지 않은 부하가 권총을 빼 들었다.

유석은 그런 부하의 권총을 잡아채 빼앗은 뒤 그대로 휘둘러 부하를 가격했다. 찍 소리도 못 내고 부하가 쓰러졌다.

"왜, 왜 이러지?"

"널 체포한다."

기동의 질문에 간단히 답해준 유석은 기동을 다시 기절시킨 뒤 그대로 들고 돌아갔다.

총연을 지키고 있던 은아가 유석을 맞이했다.

"돌아왔어?"

"그래."

둘 다 보통 신경의 소유자가 아니라 이 정도 일은 아무렇지도 않았다.

유석과 은아는 더 이상의 움직임은 자제하며 대기했다.

어차피 주 목표는 두목 두 명이었다. 그들의 신변을 확보한 이상 나머지 어중이떠중이들은 잡든 말든 군인들에게 맡겨도 좋았다.

물론 어중이떠중이들도 모두 범죄자라 최대한 많이 잡는

게 좋겠지만 유석과 은아로서는 어중이떠중이를 잡는 것보다 확보한 두 명을 지키는 게 우선이었다.

"도망쳐!"

"저기 도망간다! 잡아!"

탕! 탕!

쫓는 자와 쫓기는 자의 말소리와 총성이 어우러져 들려왔다.

추격전이 벌어지는 와중에 간간이 총격전도 벌어지는 모양이었다.

그러다 마침내 유석이 있는 곳에도 군인들이 나타났다.

유석과 은아를 본 군인들은 들은 게 있는지 질문을 해왔다.

"국정원에서 나온 사람들입니까?"

"네."

유석의 대답을 들은 군인 한 명이 무전을 보냈다.

"국정원 요원들을 찾았습니다. 용의자 두 사람도 함께입니다. 네, 네, 알겠습니다."

무전을 다 보낸 군인이 말했다.

"지금 바로 용의자들 후송 준비를 하겠습니다. 잠시만 기다려 주십시오."

잠시 후, 몇 명의 군인이 총연과 기동을 인수해 갔다.

이렇게 하나의 임무를 마친 유석과 은아는 편하게 휴식… 을 취할 시간은 없었다.

본부로 복귀한 유석은 일단 쉬면서도 언제든지 다시 출동할 준비를 하라는 명령을 받았다.

유석뿐만 아니라 카리스 체포팀 전원이 그랬다.

34장
뜻밖의 협력

"시간이 중요한 임무다. 정보가 나오는 대로 곧장 출동할 터이니 단단히 준비하도록."

이것이 수만의 명령이었다.

정보는 물론 체포한 기동과 총연에게서 알아내야 하는 것이었다.

"정보라. 시간이 중요하다는데 빠른 시간 내에 그런 걸 알아내는 게 쉽진 않겠는데요."

유석은 옆자리에 있던 요원에게 말했다.

이 요원의 이름은 태민, 예전에 은아 구출 작전 때도 함께했던 사람이었다.

"확실히 그래요. 최대한 빠르고 은밀하게 작전을 수행했다고 들었지만 그래도 저쪽도 장님에 귀머거리만 있는 건 아니니까요. 아마 한 이틀 정도만 지나도 저쪽에 소문이 다 퍼질 겁니다."

"이틀 안에 정보를 들어야 한다라… 그들이 불까요?"

그들. 총연과 기동을 말하는 것이었다. 유석의 질문에 태민은 고개를 저었다.

"살인, 마약, 총기, 밀수까지 다 저지른 녀석들이에요. 아무리 법원에서 잘 봐줘도 다시 바깥공기 쐬기에는 틀린 녀석들이죠. 그것들도 바보가 아니라면 그 정도는 알고 있을 테니까 순순히 불지는 않을 겁니다. 그렇다고 레넌 제국 녀석들도 아니니 무작정 두들겨 팰 수도 없고……."

그렇게 태민과 이야기를 나누던 유석은 주머니에서 휴대폰이 울리자 전화를 받았다.

"네, 원장님. 지금 오라고요?"

부름을 받은 유석은 태민과 이야기를 마치고 현성을 찾아갔다.

현성은 군인 몇 명과 과학자 혹은 의사로 보이는 사람 몇 명.

그리고 죄수복 차림의 남자 한 명과 같이 있었다.

유석이 아는 얼굴은 현성 한 명뿐이었다. 일단 유석은 현성에게 인사한 뒤 물었다.

　"원장님. 무슨 일입니까?"

　"아, 자네도 좀 참석을 했으면 해서 말이네."

　"참석? 제가요?"

　"그래, 일단 이 친구와 인사를 하겠나? 이름이 그러니까…… . 케네스네."

　현성이 소개한 것은 케네스라는 이름의 죄수복 남자였다.

　남자는 유석에게 가볍게 고개를 숙였다.

　케네스라는 남자.

　비록 자세한 소개는 받지 못했지만 유석은 한 가지 사실을 알아챘다.

　바로 눈앞의 남자가 지구인이 아니라는 사실이었다.

　"레넌 제국인……?"

　유석의 중얼거림에 케네스가 고개를 끄덕였다.

　하마터면 유석은 주먹을 들어 케네스의 면상을 후려 칠 뻔했다.

　근처에 현성이나 군인들이 없었다면 정말 그렇게 했을지도 모른다.

　하지만 저들과 함께 왔다는 것은 분명 무슨 사정이 있다는 뜻이다.

유석은 속을 누르며 물었다.

"이자가 왜 여기에 있는 겁니까?"

불편한 유석의 심기를 헤아린 듯 현성이 손까지 내저으며 말했다.

"아아, 진정하게. 자네가 레넌 제국을 싫어하는 건 알지만 이 사람은 정말로 중요한 사람이야."

"왜 이런 자가 여기에 있냐고 물었습니다."

"지금부터 할 일에 우리를 도와줄 사람이네."

"지금부터 할 일이요?"

"그래, 그 마법이라는 힘을 가지고 우리 쪽에서 유용하게 쓰는 일 말이네."

여전히 유석이 듣기에는 뜬구름 잡는 소리였다. 그나마 한 가지만은 알아들을 수 있었다.

마법을 우리가 유용하게 쓴다. 지구인이 마법을 쓴다는 말은 들어보지 못했다.

즉, 이 케네스라는 자가 우리를 위해 마법이라는 것을 써주겠다는 말이다.

알아듣기는 했지만 납득은 할 수 없었다. 레넌 제국의 놈을 대체 어떻게 믿는다는 것인가.

그런 유석의 심기를 파악한 현성은 유석을 데리고 구석

으로 가 말했다.

"말했듯 자네가 레넌 제국을 아주 싫어하는 건 잘 알고 있네. 하지만 저 케네스라는 사람은 우리를 도와줄 사람이야. 저 사람에게 화를 내지 말게."

"어떻게 저자를 믿는다는 말입니까?"

"저 사람 역시 레넌 제국을 증오한다더군."

"뭐라고요?"

조국을 증오하는 침략자라니.

상식적으로 납득이 가지 않는 말이었다. 현성이 다시 설명했다.

"듣기로 레넌 제국이라는 그 동네도 여러 가지 사정이 복잡한 모양이야. 뭐라더라… 아, 레넌 제국에게 부모를 잃었는데 어쩌다 보니 군인이 되고 침공군이 되어서 지구까지 왔고, 이제 레넌 제국으로 돌아가고 싶지는 않다더군."

"그 말을 믿으라고요?"

"쉽게 믿기는 힘든 소리지. 심문했던 사람들도 저 케네스의 말을 반신반의하고 있으니."

"당연하지요. 제국을 싫어하는 놈이 제국군이 되어서 여기까지 온다는 게 말이나 됩니까?"

"하지만 말이네. 일단 저 사람 말을 믿어 보자는 결정이네. 내 말이 아니라 정부에서 한 결정이라는 말이야."

"……."

"아무튼 자네 생각은 잘 알겠네. 하지만 지금은 참게. 알아듣겠나?"

"알겠습니다."

굉장히 마음에 안 들었지만 아무튼 지금은 참는 수밖에 없었다.

보아하니 현성도 유석이 이런 식으로 나올 줄 안 모양인데 굳이 케네스라는 자와 대면시킨 게 이상할 정도였다.

그렇게 유석과 현성은 케네스에게 돌아갔다.

케네스도 눈이 있으니 유석이 자신을 어떻게 보았는지 알았을 것이다. 그럼에도 케네스는 그저 묵묵히 있을 뿐이었다.

"그럼 가세."

모두들 자리를 옮겼다. 향한 곳은 바로 총연과 기동이 있는 심문실이었다.

매직 미러로 둘의 모습을 본 현성이 유석에게 물었다.

"둘 다 묵비권을 행사 중이라고?"

"그렇다고 들었습니다."

대답을 들은 현성이 케네스 쪽을 돌아보며 말했다.

"그렇구만. 그러면, 부탁하네."

"네."

유석이 처음으로 들은 케네스의 목소리였다.

케네스는 군인 두 명을 대동한 채 심문실 안으로 들어갔다.

그러자 다른 군인이 유석에게 다가와 말했다.

"지금부터 심문을 시작할 겁니다."

"심문? 저 케네스라는 자를 심문을 한다고요?"

"네."

"…그런데요?"

"만일의 사태, 그러니까 저 케네스라는 자가 딴 일을 꾸미거나 여기에서 탈출하려는 시도 같은 것을 하면 당신이 나서서 막아주셨으면 합니다."

"나더러 막으라."

매직 미러로 비치는 케네스를 힐끗 바라 본 유석이 문득 차갑게 말했다.

"죽이라는 말입니까?"

"살려둔 채로 진압하는 것을 권하지만 이쪽에 희생자가 나올 것 같거나 저자를 막기 힘들 것 같으면 그렇게 해도 상관없습니다."

"죽여도 상관없다."

레닌 제국인에게 베풀 자비심 같은 것은 유석에게 존재하지 않았다.

다짐을 받은 유석은 자신의 무기인 AA−12 샷건까지 넘겨받았다.

비상사태가 벌어지면 이것으로 쏴 죽여도 무방하다는 뜻이 분명했다.

유석은 총을 만지작거리며 매직 미러를 바라보았다. AA−12에는 이미 슬러그탄이 장착되어 있다.

저 케네스라는 자가 무언가 허튼 짓을 할 기미가 보이면 그대로 매직 미러를 통해 발포하여 팔다리를 날려 버리거나 아예 머리를 날려 버릴 것이다.

그렇게 살기를 품은 유석이 자기를 노려보고 있다는 사실을 아는지 모르는지 케네스는 무덤덤하게 자기 할 일을 시작했다.

"뭐야 넌."

"죄수복 입고 여기서 뭐하는 거야?"

심문실 안의 총연과 기동도 케네스에게 한마디씩 했다.

상식적으로 죄수복을 입은 자가 여기 들어올 상황은 대질심문 밖에는 없을 것인데 그렇게는 보이지 않았다.

케네스는 두 사람을 번갈아보다 입을 열었다.

"인신매매 조직이라는 곳에 대한 정보를 말해라."

"풋. 웃기고 자빠졌네."

"어디서 온 양놈인지는 모르겠지만 지금 우리랑 장난하자는 거냐?"

죄수복 입은 서양인이 심문을 시작한 상황이다.

확실히 총연이나 기동 입장에서는 비웃음이 나올 만도 했다.

하지만 두 사람의 비웃음은 오래가지 못했다. 케네스가 둘을 천천히 쏘아보기 시작한 것이다.

그런 케네스의 눈빛은 산전수전 다 겪은 총연이나 기동마저 기겁하게 만들 만큼 강렬했다.

아니, 단순히 눈빛 이상의 무언가가 느껴졌다. 사람을 기겁하게 만드는 무언가가.

"뭐, 뭐야 너……."

"우리한테 무슨 짓을 하려고?"

대답 대신 케네스는 말없이 두 사람을 쏘아 보기만 했다.

부들부들 거리던 총연과 기동은 본능적인 두려움에 자리를 박차고 일어나려 했다.

그때 케네스를 따라온 두 군인이 그런 총연과 기동을 힘으로 앉혔다.

군인들도 힘깨나 쓰는 사람들인데다 총연과 기동은 묶여 있었기에 저항을 할 수가 없었다.

"뭔 짓을 하려는 거야!"

"젠장, 변호사 불러!"

그런 심문실의 풍경은 매직 미러와 마이크를 통해 바깥에 생생히 전달되었다.

　그 풍경을 지켜보고 있던 유석은 무언가 일이 벌어질 것이라는 예감을 느꼈다.

　무엇보다 케네스의 눈빛이 심상치 않았다.

　단순이 안광이 범상치 않다 수준이 아닌, 어떤 힘 같은 게 느껴졌다.

"무슨 일이 벌어지는 겁니까?"

유석의 질문에 현성이 대답했다.

"정보를 빼내려는 거네."

"정보를 빼내요? 고문이라도 하려는 겁니까?"

"다르네. 나도 자세히는 모르니 일단 보고만 있게."

　현성도 모른다니 유석이 더 할 말이 없었다. 대신 군인이 옆에서 의미심장하게 말했다.

"만일의 사태가 벌어지면……. 잘 부탁합니다."

　끄덕.

　유석도 고개를 끄덕이며 상황을 지켜볼 수밖에 없었다.

만일 무언가 일이 벌어진다면 한 치의 망설임도 없이 케네스의 머리를 날려 버릴 것이다.

잠시 후, 가만히 앉은 채 눈만 번뜩이던 케네스가 갑자기 손을 휘둘렀다.

정체 모를 빛이 번쩍하는가 싶다니 갑자기 총연과 기동의 표정이 굳었다.

무언가에 크게 놀란 듯, 눈을 부릅뜨고 입을 쩍 벌린 채로 굳어버린 것이다.

그러자 케네스는 자리에서 일어나며 그때껏 총연과 기동을 억누르고 있던 군인들을 돌아보며 말했다.

"이제 다시 심문해 보십시오."

그런 케네스의 말에 조사관이 들어갔다. 여전히 총연과 기동의 표정은 굳은 채였다.

조사관은 방금 전까지 케네스가 앉아 있던 자리에 앉아 물었다.

"너희들, 태천군에서 일어난 실종 사건에 대해 알고 있나?"

질문을 받은 총연과 기동이 천천히 고개를 끄덕였다.

얼굴은 여전히 놀란 표정으로 굳은 채 그렇게 고개를 끄덕이는 모습은 조금 괴기스럽기까지 했다.

조사관 역시 그런 몰골을 마주하고 있는 게 편치 않은 모양이었다.

그는 이마에 흐르는 땀을 닦으며 다시 물었다.

"그래, 그 사건은 너희와 관련되어 있나?"

끄덕.

"너희가 저지른 소행인가?"

끄덕.

"실종된 사람들은 너희가 납치한 건가?"

끄덕.

"그럼 그들은 대체 어디 있나?"

그제야 총연과 기동의 입이 열렸다. 굳은 표정에서 입과
혀만 움직이며 말을 하는 것이었다.

"보냈다."

"보내? 어디로?"

"자세히는 모른다. 그들은 돈을 주었고 우리는 납치한 사
람들을 그리로 보냈다."

"혹시……. 납치한 사람들을 죽였나?"

"우리는 모두 산 채로 보냈다. 그들이 그것을 원했기 때
문이다. 이후 보내진 사람들이 어떻게 되었는지는 우리도
모른다."

이런 심문 광경을 밖에서 지켜보던 사람들은 모두 놀라
움을 금치 못했다.

굳게 닫힌 둘의 입을 열게 한 것도 열게 한 것이지만, 말하는 둘의 상태는 아무래도 정상이 아니었다.

"대체 어떻게 된 겁니까. 저들이 특별히 고통을 겪거나 한 것 같지도 않습니다만."

유석의 질문에도 현성은 심문실에 눈을 떼지 못하고 있다 뒤늦게 대답했다.

"일시적인 세뇌."

"세뇌요?"

"그렇다고 들었네."

세뇌. 유석도 알고 있는 어휘였다.

세뇌를 시켜 아는 것을 자백하게 만든다니.

저게 고문이나 약물의 힘이 아니라면 남은 것은 한 가지밖에 없었다.

"그럼 마법으로?"

"아마 그렇겠지."

그제야 유석도 저 케네스라는 자가 무엇을 하는지 이해했다.

마법으로 상대를 세뇌시켜 정보를 빼내려 하는 것이었다.

"저런 일을 해도 괜찮은 겁니까?"

"고문이나 약물을 이용하는 건 불법이지만 마법이라는

힘을 이용하는 건 아직 법적으로 어떤 제지사항이 만들어지지 않았으니 말이네."

"……"

그야 당연한 일이다. 이전까지 이 세상에는 마법이라는 게 존재하지 않았으니까.

유석과 현성이 대화를 나누는 중에도 심문실에서는 계속 정보가 나오고 있었다. 그러나 유석은 못 미더운 표정으로 말했다.

"지금 저렇게 떠드는 것을 믿을 수 있겠습니까?"

"그야……. 일단 저들이 거짓말을 하는 건 않는걸."

"그건 그렇습니다. 하지만 저렇게 맛이 가서야."

"일단 지켜보세. 지금 우리는 마법이라는 새로운 힘이 유용하게 쓰이는 광경을 지켜보고 있는 것이야."

들은 대로 유석은 일단 가만히 지켜보았다.

한참 동안 떠들던 총연과 기동은 더 떠들 게 없어지자 죽은 듯이 잠들었다.

그러자 케네스가 자리에서 일어났다.

"끝났소."

곧 케네스는 군인 두 명과 함께 심문실을 나섰다. 그런 케네스와 케네스를 바라보던 유석의 눈이 마주쳤다.

"……"

유석은 케네스라는 자의 눈을 응시했다. 유석도, 케네스도 눈빛에 조금도 흔들림이 없었다.

잠시간의 눈싸움은 케네스가 물러가면서 종결되었다.

유석은 그런 케네스의 뒷모습을 한참이나 바라보다 말했다.

"저자를 정말 믿어도 되겠습니까."

현성이 대답했다.

"거짓말을 하는 것 같지는 않은 것 같다만. 자네는 어떻게 보았는가?"

"솔직히 말하자면 잘 모르겠습니다. 저 또한 저자가 거짓말을 하는 것 같지는 않습니다만."

"그러면 된 거 아닌가. 일단은 말일세."

"······."

여전히 유석은 내켜하지 않았다. 그런 유석에게 심문관이 다가와 말했다.

"일단 알아낸 정보를 보고하겠습니다. 곧 출동 명령이 내려질지 모르니 준비해 주십시오."

"지금 저들이 떠든 이야기를 가지고 출동한다고요?"

"그럴 가능성이 높습니다."

정말 케네스를, 그리고 마법이라는 것으로 떠들게 한 이야기를 믿어도 되는 것인가.

하지만 상황은 급박한데 믿지 않자니 다른 뾰족한 수가 없었다.

별수 없이 유석은 출동 준비를 하기로 했다.

"원장님. 그러면 저는 가보겠습니다."

"그러게. 난 저 두 사람을 살펴야 하거든."

"저들도 원장님 몫입니까?"

"그래, 이 마법이라는 힘에 관련된 일을 맡기로 했어."

"알겠습니다. 그럼."

유석은 현성이 심문실 안으로 들어가 총연과 기동을 진찰하는 모습을 확인한 뒤 돌아갔다.

그로부터 한 시간 뒤. 정말 출동 명령이 떨어졌다.

*   *   *

북한 지역의 치안을 유지하는 것은 군경이 합동으로 하는 일이었다.

때문에 북한 곳곳에 군부대가 위치했고, 필요하면 군부대를 차출하여 출동하는 것도 쉬웠다.

국정원 요원들과 군인들이 합동으로 소위 무법지역으로 불리는 곳으로 출동했다.

아무리 무법지역이 길 가다가 총 맞을지 모르는 치안의

막장을 자랑하는 곳이라도 대규모로 출동한 무장 요원들과 군인들에게 덤비는 자들은 없었다.

덕분에 요원들과 군인들은 별 방해 없이 목적지에 다다를 수 있었다.

이들의 목적지는 버려진 관청 건물이었다.

목적지에 도착하자 누구라도 알 수 있을 만큼 확연히 공기가 달라졌다.

눈썰미가 좋은 유석 같은 경우에는 멀리서 무언가가 움직이는 것을 포착했다.

"뭐가 있다."

중얼거리며 유석은 쌍안경으로 건물을 살폈다.

간간이 사람 그림자 같은 것이 움직이는 게 똑똑히 보였다.

유석은 수만에게 보고했다.

"누가 있는 게 틀림없습니다."

"그런가. 모두 조심하며 이동하라!"

대규모의 인원이 투입된 작전이라 은밀함이라는 것은 애당초 포기했다.

조심이란 당연히 적의 공격을 조심하라는 이야기였다.

유석 말고도 여러 사람이 쌍안경으로 건물을 살폈다.

보는 눈이 많은 탓에 안에서 벌어진 상황을 빨리 파악할 수 있었다. 누군가 총을 들고 나타난 상황 같은 것도 말이다.

"총이다!"

본래라면 투항을 요구하는 방송이라도 할 계획이었다. 그러나 저쪽에서 총을 들고 나타난다면 이야기가 조금 다르다.

군 쪽에서 명령이 내려지고, 몇 명의 군인이 위협사격을 가했다.

총을 들고 창 쪽에 얼쩡거리던 녀석은 비록 맞지는 않았지만 위협사격의 기세에 놀라 제풀에 들어가 버렸다.

그제야 애초 계획대로 투항 요구가 시작되었다.

"투항하라. 그렇지 않으면 발포하겠다."

안에 있는 자들이 총을 가지고 있다는 것을 확인했으니 항복하지 않으면 발포를 하는 게 당연했다.

몇 차례 요구가 반복되었지만 안에서는 아무런 반응도 없었다. 결국 돌입 명령을 내리려 할 때였다.

쾅!

난데없이 폭발음과 함께 땅이 울렸다. 동시에 건물에서 불길이 치솟기 시작했다.

"아니?"

모두들 놀란 나머지 잠시 아무 말도 하지 못했다. 정신을 차려도 저렇게 불길이 치솟은 상황에서 국정원이나 군대가 할 수 있는 일은 없었다.

"빌어먹을. 소방차 불러!"

급히 소방서에 연락이 갔다. 그러나 북한 지역에는 남한처럼 소방시설이 잘 갖춰진 게 아닌 고로 상당한 시간이 소요되었다.

그동안 현장의 사람들이 할 수 있는 일은 거의 없었다. 유석이라고 해도 불바다가 된 건물에 뛰어드는 것은 무모했다.

그저 기다리며 저 불길에서 튀어나오는 사람들이나 어떻게 하는 것 외에는 방법이 없었다.

그렇게 손을 놓다시피 한 채 기다리기를 몇 분. 모두들 무언가 이상한 점을 눈치챘다.

"아무도 안 튀어 나오잖아?"

한 군인이 모두를 대표하듯 말했다.

그 말대로였다. 저렇게 화재가 일어나 건물이 불구덩이가 되다 시피 했는데 도망쳐 나오는 사람이 한 명도 없었다.

저 안에 있으면 타죽는 것 밖에는 길이 없는 것처럼 보였는데 말이다.

아니, 애초에 이렇게 큰 불이 난 것부터가 미스터리였다.

설마 안에 있는 자들이 직접 불을 지르기라도 했다는 말인가.

"어째 아무도 안 튀어나와. 단체로 분신자살이라도 한 거야?"

"정말 그런 거 아냐?"

수군거리는 군인들과는 다르게 생각하는 사람도 있었다. 예를 들면 수만이 그랬다.

"이 불… 역시 심상치가 않다."

"무언가 꿍꿍이가 있는 것 같아요."

은아도 거들었다. 입을 열지는 않았지만 유석도 생각이 비슷했다.

이제 어느 정도 짬밥을 먹은 탓인지 유석 역시 지금 상황이 무언가 부자연스럽다는 것 정도는 알 수 있었다.

하지만 그 부자연스러움을 파헤칠 수 없다는 게 문제였다. 역시 저 불구덩이 안으로 들어 갈 수가 없으니 말이다.

얼마 후, 마침내 소방차가 도착하여 소방 작업이 진행되었다.

군인들도 협조하여 소방작업에 나서 준 덕분에 불길은 빨리 잡혀갔다.

"불이 거의 다 꺼진 것 같군. 이제 들어가도 되지 않겠나?"

"아직 열기가 남아 있습니다. 불길도 남아 있고요. 조금 뒤에 들어가시는 게 안전합니다."

"빌어먹을. 놈들이 도망쳤다면 벌써 옛날에 도망쳤겠어."

이 불구덩이에서 대체 무슨 재주로 도망칠 수 있는 것인지는 모르겠지만, 아무튼 어떤 불안감을 느낀 수만이 중얼거렸다.

그렇다고 군인들이나 요원들을 화마의 희생양으로 만들 수는 없으니 다른 방법이 없었다. 안전해질 때까지 기다리는 것 외에는.

이렇게 불길이 잡힌 후에도 약간의 시간이 소요된 뒤에야 비로소 모두들 건물 안으로 진입할 수 있었다.

잿더미를 밟으며 수색에 나섰지만 살아 있는 것은 아무것도 보이지 않았다.

"아무도 없습니다!"

"그 불길 속에서 살아 있는 놈이 있을 리가 없지. 모두 타 죽었거나 아니면 도망쳤을 거다!"

"도망? 어떻게요?"

"그걸 모르니 이렇게 찾는 거 아냐!"

1층 수색은 별 소득 없이 종료되었다.

2층, 3층, 4층, 옥상까지 마찬가지였다. 살아 있는 녀석은 커녕 시체 한 구도 나오지 않았다.

물론 굉장히 거센 불길이기는 했다.

그런 불길에서 전멸했다고 해도 놀랄 일은 아니다. 하지만 시체 한 구 나오지 않는 것은 역시나 이상했다.

수색을 계속하던 중 한 군인이 무언가를 발견하고는 알렸다.

"여기 뭔가 있습니다!"

"뭔가?"

"지하로 통하는 출입문인 것 같습니다!"

"지하?"

말대로 1층 구석에 아래로 내려가는 계단 끝에 철문이 들어선 게 보였다.

아직 곳곳에 열기가 느껴지고 철문 벽은 그슬려 있었지만 철문만은 멀쩡하게 닫혀 있었다.

"열어라!"

잠긴 문을 따려면 산탄총이 제일이다.

주무기가 산탄총인 유석이 나서 문의 자물쇠 부분에 사격했다.

그러나 문이 원체 튼튼한 탓에 산탄을 맞아도 끄덕도 하지 않았다.

"총으로는 안 돼. 폭파를 시켜야겠는데."

유석의 중얼거림에 누군가 현재 상황을 보고했다. 곧 C—4(플라스틱 폭탄)을 든 군인이 나타났다.

"물러서십시오."

문에 폭탄을 설치한 군인이 말했다.

모두 물러선 가운데 잠시 후, 폭발음과 함께 주변이 크게 울렸다.

튼튼한 철문이었지만 폭탄이 터져도 끄떡없는 방호력을 갖추지는 못했다.

문은 몇 동강이 난 채 부서져 사람이 드나들 만한 구멍이 생겼다.

"진입한다. 모두 조심하라!"

분명 사람이 있던 폐건물.

그런데 사람의 흔적은 온데간데없이 사라진 가운데 이렇게 잠긴 문이 나타났다.

총까지 들고 얼쩡대던 녀석들은 아무래도 이 안에 있을 가능성이 높았다.

조만간 교전이 일어날지 모르는 상황이라 모두들 긴장감을 늦추지 않았다.

유석도 마찬가지였다.

조금이라도 누군가의 기척이 느껴지면 즉시 모두에게 알릴 생각이었다.

그런데 문을 넘어 지하로 내려가도 안에서 별다른 기척은 느껴지지 않았다. 아니, 말 그대로 텅 빈 것 같았다.

광원이 없는 지하는 빛 한 점 들어오지 않는 어둠이었다.

하지만 안에 진입한 군인들과 요원들이 죄다 라이트를 켠 덕분에 그렇게 어둡지는 않았다.

"뭔가 조금이라도 이상한 게 있으면 알려라."

"무언가 부비트랩이나 폭발물 같은 게 설치되어 있을지도 모른다."

"조금이라도 수상한 게 있으면 즉시 알려라."

예전에 비슷한 상황에서 함정에 빠져 큰 낭패를 본 적 있었다.

그 일이 오래전이 아니니 배로 조심할 수밖에 없었다.

"그거 뭐야! 스위치 아냐?"

"아니, 철근 튀어나온 겁니다!"

"아무튼 조그만 거라도 이상하면 무조건 알려!"

조심에 조심을 거듭하며 움직이니 이동속도가 느릴 수밖에 없었다.

거기에다 언제 튀어나올지 모르는 적까지 대비를 해야 하니 말이다.

불행 중 다행이라 해야 할지 일단 전방에는 아무도 나타나지 않았다. 부비트랩 같은 것에 걸리는 사람도 없었다.

마침내 선두에 서 있던 군인들은 지하 깊숙한 곳에 위치한 방을 발견했다.

매캐한 냄새가 흘러나오는 게 심상치가 않았다.

"뭐가 타는 냄새인데……."

"젠장할. 안에도 불이 난 거 같아."

방 안에는 조금 전까지 불타고 있은 듯 연기가 가득했다.

다행히 불은 꺼진 듯했지만 연기로 눈앞이 안 보일 지경이라 무작정 들어가는 것은 위험했다. 자칫 질식할 위험도 있었다.

결국 또 시간이 소요되었다.

그렇게 뒤늦게 방 안으로 들어선 사람들은 뜻밖의 광경을 목격했다.

"이게 뭐지?"

"실험실인가?"

타다 남은 잔해들은 실험실을 연상시켰던 것이다.

불길에 부서지고 깨진 채 널브러진 것들은 아무리 봐도 실험 도구들이었다.

"여기 좀 와 보십시오!"

한 군인의 외침에 모두의 시선이 집중되었다.

불에 탄 형상을 자세히 살펴보니 시체였다. 심지어 한 구가 아니라 여러 구였다.

"단체로 분신자살이라도 했나?"

누군가 중얼거렸다.

정황상 그렇게 생각을 할 수도 있었다. 그러나 경험 많은 수만은 시체를 내려다보다 고개를 저었다.

"저항한 흔적이 전혀 없다."

"네?"

"산채로 불에 탔다면 절대로 얌전히는 죽지 못한다. 자살이라고 해도 온갖 몸부림을 치게 되지."

수만의 말이 무엇을 의미하는지는 분명했다.

확실히 사람이 산 채로 불에 탄다면 베트남의 어떤 고승 같은 사람이 아닌 담에야 몸부림을 칠 것이다.

그런 흔적이 없이 얌전하게 죽어 있는 불에 탄 시체. 의미하는 것은 하나였다.

이 시체가 불에 탈 때 죽거나 그에 준하는 상태였다는 것.

모두의 표정이 더욱 심각해졌다. 그냥 사람이 불에 타 죽었어도 물론 큰일이다.

그런데 이미 여기에 시체가 있었다면 그건 더 큰일이다.

지금 이때 갑자기 심장마비라도 와서 죽은 게 아니라면 무언가 사건이 있었으리라는 반증이니까.

"조사를 더 철저히 하도록."

굳은 얼굴로 수만이 명령했다. 곧 또 다른 시체들이 이곳 저곳에서 발견되기 시작했다.

"여기다!"

"여기에도 있어!"

심지어 무언가를 가두기 위한 철창이 있고 그 안에 시체 도 발견되었다.

끔찍하게도 이 시체는 몸부림 친 흔적이 역력한 게 산채 로 불에 타 죽은 게 분명했다.

그리고 수색을 계속하던 중 한 요원이 범상치 않은 것을 발견했다.

방구석 쪽을 살피던 요원이 갑자기 외쳤다.

"이거 좀 보십시오!"

달려온 모두가 보았다.

방구석에 놓여 있는 책장을. 철제 책장은 불길에 우그러 진 모양이었는데 그 안에 구멍 같은 게 보이는 것이었다.

곧 몇 명이 힘을 합쳐 책장을 뜯어냈다.

그러자 사람 한 명이 충분히 드나들 수 있는 작은 터널이 모습을 드러냈다.

"이건?"

"비밀 통로인가!"

일단 조사를 위해 아무도 터널 안으로 들어가지 않았다.

터널 입구를 보니 누군가 이곳을 통해 나간 흔적이 뚜렷했다.

"틀림없다. 여러 명이 이 터널을 통해 빠져나간 것이야."

"그럼 여기 죽어 있는 사람은 뭡니까?"

"우리가 이 안에 들어오기까지 상당한 시간이 소요되었어. 이런 탈출구가 있다면 충분히 여기 있던 놈들 전원이 탈출할 수 있었을 거야. 그런데 죽은 사람이 있다면…… . 탈출할 필요가 없거나 혹은 탈출을 하면 안 되는 사람이겠지."

"탈출을 하면 안 된다?"

"그렇다. 예를 들면 탈출을 하면 여기서 도망친 자들에게 무언가 곤란한 일이 생긴다거나."

"……."

상황이 갈수록 수상해져만 갔다.

모두들 당장 추격에 나서고 싶어 했다. 하지만 비슷한 상황에서 참변을 당한 지난번 사례도 있고 무작정 쫓을 수는 없었다.

"놈들이 무언가 함정을 파 두었을 수도 있다."

"그렇습니다. 무작정 들어가기에는 너무 위험합니다. 일부는 여기에서 천천히 수색을 하면서 가도록 하고, 나머지는 계속 여길 수색하도록 하죠."

이렇게 두 패로 나뉘었다. 유석은 이 장소를 수색하는 파에 끼었다.

"조금이라도 수상하거나 이상한 게 있거든 즉시 보고하라!"

"알겠습니다!"

"그나저나 이렇게 다 불에 타 버려서야 원. 뭐가 뭔지 하나도 모르겠네."

누군가의 푸념대로였다.

정말 야무지게 불에 탄 덕분에 해골이나 기계 잔해 같은 것을 제외하면 무언가 제대로 알아볼 수 있는 게 없었다.

그래도 컴퓨터 잔해, 쇠사슬, 우리, 각종 실험도구 같은 게 나왔다.

시체들도 다 합쳐보니 어림잡아 수십 구는 되어 보였다.

불에 타고 이리저리 엉켜있어 제대로 된 숫자는 파악하기가 어려웠지만 말이다.

"특별한 건 이 정도인가?"

"젠장할. 이렇게 다 숯덩이가 되서야 뭐 제대로 알아볼 수나 있겠어?"

여기저기서 푸념이 들려왔다.

유석 또한 푸념하는 사람들과 심정이 그다지 다르지 않았다.

가져가서 자세히 감식이라도 하면 또 모르겠지만 지금은 그저 소각된 시체와 쓰레기들이나 모으는 기분이었다.

그러던 유석의 눈에 한 숯덩이가 눈에 띄었다. 주먹만 한 크기의 직육면체 숯덩이였다.

'응?'

그냥 보고 넘기려던 유석의 몸이 멈칫했다.

무언가 이상한 것을 느낀 유석은 손을 내밀어 숯덩이를 집었다.

사실 숯덩이는 숯덩이가 아니었다.

까만 재를 뒤집어쓰고 있어 그렇게 보일 뿐, 재를 떨쳐내자 안의 모습이 드러났다.

빨간 색유리처럼 반투명했다.

유리나 금속은 아니다. 플라스틱이나 나무도 아니다.

무언가 한 번도 만져본 적 없는 듯한 독특한 촉감이 느껴졌다.

거기에다 이 정체불명의 물건을 손에 들고 있으니 알 수 없는 무언가가 손끝을 타고 흐르는 듯한 느낌까지 들었다.

"그거 뭐야?"

은아가 다가와 물었다. 유석은 자신이 쥔 물건을 은아에게 보여주었다.

"이게 뭔데?"

"나도 잘 몰라."

"유리 조각인가?"

"그건 아닌 것 같다."

"그럼……?"

물건을 넘겨받은 은아는 이리저리 만져보다 고개를 갸웃거렸다.

"뭐 별거 아닌 것 같은데."

그 말에 유석이 물었다.

"별게 아닌 것 같다고?"

"응, 그렇잖아. 뭐 아무것도 없는데."

"이상한 느낌 같은 게 안 든다는 말이야?"

"느낌? 무슨 느낌?"

분명 유석은 이상한 느낌을 받았건만 은아는 그런 게 없었다는 말인가.

뿐만 아니라 은아는 오히려 유석을 바라보며 이렇게 되물어왔다.

"넌 여기서 뭐 이상한 걸 느꼈어?"

유석은 고개를 끄덕였다.

"대체 뭘?"

"나도 잘 모르겠다. 그저 무언가 알 수 없는 힘 같은 게 흐르는 느낌을 받았다."

대답하며 유석은 은아에게 넘겨 준 물건을 돌려받았다. 다시 만져 봐도 역시 그 느낌이 똑똑히 전해져 왔다.

그런 유석의 반응에 은아는 생각했다.

'난 분명히 아무것도 모르겠는데. 하지만 유석이가 느낀 거라면 분명⋯⋯.'

유석은 비범한 인간이다.

남들에게 없는 힘을 가지고 있고, 남들이 보지 못하는 것을 보며 남들이 느끼지 못하는 것을 느끼기도 한다.

그런 유석이 이 물건에 저런 반응을 보이는 건 그냥 넘길 일은 아닌 듯했다. 거기에다 몇 번 확인까지 해보지 않았는가.

"아무래도 이것도 보고하는 게 좋겠어."

"역시 그렇겠지."

곧 유석은 자신이 발견한 물건을 수만에게 가져갔다.

유석의 설명을 들은 수만은 일단 물건을 넘겨받아 보았다.

"음. 나 역시 아무것도 느끼지 못하겠다만⋯⋯. 하지만 자네는 뭔가를 느꼈다는 말이지?"

"그렇습니다."

"자네가 그렇게 말한다면 넘겨들을 수는 없겠군. 일단 이것을 가져가 조사해 보도록 하지."

이후 계속된 수색에서 특별한 것은 나오지 않았다. 곧 터널로 들어간 병력에게서 연락이 왔다.

"계속 수색 중이나 별다른 것은 없습니다. 이곳을 이용해 누군가 나간 흔적을 제외하면 말입니다."

"그런가. 계속 수색하며 전진하도록."

"네."

몇십 분 후.

터널이 하수도로 연결되어 있다는 연락이 왔다. 그때까지 부비트랩 같은 것은 아무것도 발견되지 않았다.

그렇게 안전이 확인이 되자 비로소 제대로 된 수색이 시작되었다.

그러나 건물 안에 있던 것으로 추정되는 인간들 모두가 터널과 하수도를 통해 도망쳤다는 사실만 다시 확인했을 뿐이다.

불에 탄 실험도구와 컴퓨터, 시체들, 그리고 무엇인지도 모를 물건을 남긴 채.

35장
마나 스톤

"그러니까 아무것도 알아낼 수가 없다고?"

"네, 불에 탄 것도 탄 거지만 데이터가 철저하게 소거되어 있습니다."

"빌어먹을."

보고를 받은 수만은 자기도 모르게 상소리를 냈다.

지금 보고는 어제 수색작전에서 회수한 컴퓨터 및 관련 물건들에서 아무런 정보도 얻을 수 없다는 것이었다.

컴퓨터가 있다는 것은 안에 저장장치가 있다는 것.

그 정체불명의 장소에 있던 컴퓨터 저장장치를 분석하면

그 장소가 무엇을 하는 곳이며 시체들은 다 무엇인지에 대한 정보를 알아낼 수도 있을 것이다.

그러나 그것이 안 된다는 보고였다.

하드디스크 등 저장장치가 불에 탄데다 그전부터 철저히 데이터가 소거되어 복구가 불가능하다는 것이었다.

"놈들, 아주 철저하게 준비를 했던 거야. 그런 일이 벌어지면 불을 지르고 증거를 인멸한 뒤 도망칠 수 있도록."

유석을 비롯해 수만과 같이 있던 요원들 모두가 같은 생각이었다.

수만은 곧 냉정을 찾고 다시 물었다.

"도망친 놈들 추적은 어떻게 되었나?"

"하수도를 통해 도망친 것 같습니다. 이미 어느 경로로 도망쳤는지 확인했습니다. 하나 하수도를 나온 뒤 어디로 향했는지는 확인 불능입니다."

"제대로 되는 일이 없군. 이번에도 미국에서 인공위성으로 찍어주기를 기대해야 하나?"

그냥 해보는 말이 아니었다.

실제로 같이 활동하는 제임스 같은 미국 요원들에게 직접 문의하기도 했다.

대답은 이번에는 그런 것이 없다는 것이었다.

미국 인공위성이라도 하루 24시간 북한 전역을 ㎝ 단위로 세세하게 감시하는 것은 아니라 하는 수 없는 일이었다.

"결국 알아낸 정보 같은 건 아무것도 없나?"

"아주 없지는 않습니다."

"뭔데?"

한 요원이 프로젝터를 가지고 브리핑을 하기 시작했다.

프로젝터에 뜬 사진들은 이랬다.

인공기(북한의 국기) 조각으로 보이는 물건.

인공기가 새겨진 물건들.

강성대국 어쩌고 운운하는 문구들.

사진들은 저마다 옛 북한에서 나올 법한 물건들이라는 공통점이 있었다.

통일 이후 북한 프로파간다성으로 제작된 물건은 거의 다 회수되어 파기되었다.

북한 주민들 역시 대다수가 폭압적인 정치 아래서 굶주리던 사람들이라 북한을 상징하던 물건들을 좋아하지 않았다.

때문에 지금 한반도에서 저런 북한의 프로파간다성 물건

을 소지하는 자는 딱 두 부류라 해도 무방했다.

과거 북한 사회를 연구하는 연구자들, 혹은 멸망한 북한 시절을 그리워하는 자들.

전자라면 이 사건과 연계될 하등의 이유가 없다.

반면에 후자라면 연계될 가능성이 충분하다. 당장 림진재라는 좋은 예가 있지 않은가.

"이것도 옛 북한 세력이 개입된 일일까요?"

한 요원이 입을 열었다. 그러자 유석이 반론했다.

"그러면 제우스는요?"

"우리는 지금까지 제우스를 쫓고 있었는데 어쩌면 그게 잘못이었을 수도……."

"하지만 일부러 이런 흔적을 남겼을 수도 있는 것 아닙니까."

"일부러? 그러면 제우스나 다른 세력에서 자기들이 북한 세력인 척하려고 일부러 이런 것을 남겼다는 말입니까?"

"내 생각은 그렇습니다."

유석의 의견도 가능성이 없다고는 할 수 없었다.

미리 정교한 탈출로와 증거인멸 수단까지 다 마련해 놓은 용의주도한 자들이다.

자신들의 정체를 숨기기 위해 다른 누군가에게 뒤집어씌

울 가능성도 배제할 수 없었다. 문제는 물증이 없다는 것이다.

"정보가 너무 부족하다. 이래서야……."

푸념하던 수만은 문득 어디선가 연락을 받았다.

이후 아무 일 없다는 듯 회의를 종료한 수만은 유석과 은아를 따로 불렀다.

"무슨 일입니까?"

유석이 물었다.

"나와 갈 곳이 있다."

유석이나 은아나 고개를 갸웃거리면서도 아무튼 수만의 말을 따랐다.

그들이 향한 곳은 국과수의 한 연구소였다.

특급 비밀로 분류된 곳으로써 바로 레넌 제국의 포로였다 한국 정부에게 협력하기로 한 자, 케네스가 있는 곳이었다.

그런 설명을 들은 유석은 불편한 심기가 얼굴에 드러나지 않도록 노력하며 질문했다.

"그자를 만난다고요?"

"그래, 그 케네스에 대한 것은 극비 중의 극비. 그래서 자네들하고만 가는 것이다."

갑작스러운 명령이라 은아는 궁금해하며 물었다.

"그거야 알지만 지금 일도 있는데 꼭 그자를 만나야 할 이유가 있나요?"

"상부의 명령이다. 자세한 것은 가서 알아보도록."

상부의 명령이라면 들은 그대로 가서 알아봐야 할 일이다.

유석과 은아는 묵묵히 연구소로 들어갔다.

연구소에는 과학자들이 부지런히 다니는 모습이 보였다.

그중에서는 유석이 잘 아는 얼굴도 있었다.

민문영이었다.

"오셨군요."

유석을 본 문영이 먼저 다가와 인사했다. 가볍게 목례하며 유석도 말했다.

"당신도 이 일에 참여하는 겁니까?"

"네, 저뿐만 아니라 현성 원장님도 계십니다."

"원장님까지?"

그런 문영에게 수만이 말했다.

"지금은 안부 인사를 할 때가 아닌 것 같은데. 우리에게 소개시켜 줄 사람이 있지 않소?"

"아, 그렇지요. 어이, 여기 요원 분들 좀 안내해 줘."

무언가 바쁜 듯 문영은 다른 과학자를 불러 안내를 맡기고는 자신은 다른 곳으로 갔다.

스스럼없이 대화를 나누는 것을 보니 수만도 문영과 안면이 있는 모양이었다.

반면에 은아만은 문영과 초대면이었다. 은아는 고개를 갸웃거리다 유석에게 물었다.

"누구냐고 물어봐도 돼?"

은아도 명색이 국정원 요원이라 정보의 비밀성에 대해 알고 있었다.

그래서 궁금증을 해소하기에 앞서 자기가 알아도 되는 정보인지부터 확인하려는 것이었다.

대답에 앞서 유석은 수만의 얼굴을 바라보았다.

수만은 가만히 고개를 내저었다.

차원 이동 관련된 이야기는 아직 은아에게도 하지 마라는 뜻이 분명했다.

그걸 본 유석이 말했다.

"중요한 사람."

"내가 알면 안 된다는 거지?"

"말하자면."

"쳇, 내가 너보다 훨씬 고참인데 넌 알고 난 모르는 정보라니 참……."

농담 반 진담 반으로 툴툴거리면서도 은아는 더 묻지 않왔다.

그렇게 세 요원은 케네스에게 안내되었다.

여전히 케네스 곁에는 무장 병력이 붙어 있었다.

호위라기보다는 감시 역할을 수행 중인 게 분명했다.

케네스 본인도 자신에게 감시가 붙을 수밖에 없다는 것을 잘 알고 있는 듯 그다지 불만을 가진 것 같지도 않았다.

"기다리고 있었소."

세 요원, 특히 유석을 보며 케네스가 말했다.

무언가 말하려던 유석은 케네스의 앞에 놓인 물건을 발견하고는 멈칫했다.

바로 자신이 그 불탄 폐허에서 발견했던 그 정체불명의 물건이었던 것이다.

대체 왜 저 물건을 케네스가 가지고 있는 것인가.

유석은 직접 묻고 싶었지만 상급자와 함께 있는 지금 선부르게 질문 같은 것을 할 상황은 아닌 듯했다.

다행히도 수만이 대신하여 유석이 궁금하던 것을 물어봐 주었다.

"어째서 그 물건을 저 사람이 가지고 있는 거요?"

수만 역시 케네스에게 직접 묻기에는 거북했기에 자신들을 안내한 과학자에게 물었다.

그런데 대답은 케네스가 했다.

"마나 스톤이 무엇인지 알아봐 달라는 요청을 받았소."

"마나 스톤?"

"그렇소."

"마나 스톤이 뭘 말하는 거요?"

"이것 말이오."

케네스는 유석이 발견한 물건을 가리켰다.

저것의 이름이 마나 스톤이라는 것인가.

그렇다면 저 물건의 이름을 알고 있는 케네스는 물건의 정체 또한 알고 있으리라는 이야기가 된다.

대체 어찌 된 일인지 궁금한 게 여러 가지였다.

저 물건이 케네스 앞에 있는 이유는 무엇인가. 어떻게 케네스는 저 물건의 정체를 알고 있는가.

그제야 요원들을 안내한 과학자가 나서 말했다.

"저 마나 스톤이라는 물건은 우리로서는 한 번도 본 적이 없는 물건이었습니다."

"한 번도 본 적이 없다? 뭐 이 세상의 물건이 아니라는 말이오?"

"그렇게까지 확신하기는 어렵습니다만……. 내기를 한다면 나는 이 세상에 존재한 적 없는 물건이라는 데 걸겠습

니다."

레넌 제국에 관련된 프로젝트는 당연하게도 개나 소나 맡을 수 있는 게 아니다.

그것이 국정원 요원이든 과학자든 실력이 검증된 자만이 맡을 수 있는 것이다.

그런 과학자가 일찍이 이 세상에 존재한 적이 없다는데 내기를 걸겠다는 물건. 보통 물건은 아닌 게 분명했다.

"계속하시오."

"네, 그렇게 이 물건은 정체불명의 것이었지요. 그래서 혹시 레넌 제국 사람이라면 이 물건의 정체를 알지도 모른다고 생각했어요."

"그리고 그 생각이 맞았다?"

"그렇습니다."

모두의 시선이 과학자에게서 케네스 쪽으로 쏠렸다. 자기가 말할 때임을 안 케네스가 입을 열었다.

"말했듯이 물건의 이름은 마나 스톤이오."

"대체 뭐에 쓰는 물건이지?"

"미리 마나를 충전해 놓으면 일정 시간 동안 일정량의 마나를 분출하는 물건이오."

"…그러니까 이 마나 스톤이라는 것은 레넌 제국에서 쓰는 그 마나라는 힘이 들어 있고, 그 힘이 없는 곳에서도 그 힘을 쓸 수 있게 해주는 물건이다?"

"그 말대로요."

"정말인가?"

수만은 의심을 숨기지 않았다.

자신이 의심받을 수 있다는 말을 자각한 듯 케네스는 화도 내지 않고 말했다.

"당신 이름이 이유석이라고 했소?"

이름이 불린 유석이 굳은 표정으로 말했다.

"그렇다."

"당신에게는 엄청난 양의 마나가 내재되어 있다고 들었소. 그런 당신이라면 느낄 수 있었을 것이오. 이 마나 스톤의 성질을."

"확실히 무언가 느낀 것은 사실이다. 하지만 그게 네가 말한 것을 증명할 수는 없지."

"그건 그렇군. 그러면 증명을 해야겠군. 마나 스톤을 잡아 보겠소?"

일단 유석은 케네스가 시키는 대로 따랐다.

케네스는 자기의 좌우에 선 무장병력을 돌아보며 말했다.

"지금부터 내가 한 말을 증명하려 하오. 조금 놀랄 일이 벌어지더라도 침착하게 반응해 주시오."

조금 놀랄 일. 그것이 무엇을 의미하는지는 확실히 알기가 어려웠다.

그러나 아무 말 없이 일을 벌였다가는 자칫 무장병력에 의해 총 맞고 죽을지도 모를 일임에는 틀림없어 보였다.

그러니 이렇게 조심스럽게 나오는 것일 테고 말이다.

요원들과 과학자들, 무장병력들이 모두 눈길을 주고받았다.

먼저 과학자들이 고개를 끄덕였다. 시키는 대로 따라줬으면 좋겠다는 말이었다.

뜻을 알아들은 수만도 고개를 끄덕였다. 유석이 말했다.

"좋아. 하지만 허튼짓하면 살 생각은 않는 게 좋을 거야."

"걱정 마시오. 레넌 제국이 무너지는 것을 보기 전에 죽을 생각은 없으니."

이윽고 케네스는 무어라 혼잣말로 중얼거리기 시작했다.

마법을 시전하기 위한 주문을 외는 것이었지만 모르는 사람 눈에는 혼자서 이상한 소리를 중얼거리는 것으로밖에는 보이지 않았다.

하지만 주문의 효과는 금방 나타나기 시작했다. 유석뿐

만 아니라 모두가 알아챌 수 있을 만큼 주변 공기가 바뀌기 시작했다.

처음에는 위화감이 들더니 이내 방 안에 알 수 없는 바람이 불기 시작했다.

유석은 자신의 몸속에 내재된 힘과 저 마나 스톤이라는 것이 서로 반응을 하고 있다는 사실을 깨달았다.

잠시 후, 바람이 멈추고 공기도 잠잠해졌다. 유석 역시 반응이 멈췄다는 것을 깨달았다.

"뭘 한 거지?"

유석이 묻자 케네스가 대답했다.

"마나 스톤을 작동시킨 것이오. 당신 몸의 마나를 흡수하여 충전을 하도록."

이로써 케네스의 말이 사실이라는 것이 어느 정도 증명된 셈이라고 해도 좋았다.

"그럼 거기 있던 놈들이 대체 이걸로 뭘 하려던 거지?"

"나도 자세한 것은 알 수 없소. 다만 마나 스톤은 마법사가 없는 상태에서 마법을 쓸 일이 있을 때 주로 이용하는 것이오."

수만은 대체 뭘 하려던 것인지 물었지만 사실 그보다 더 앞서 물어야 할 게 있었다.

대체 왜 북한 지역 폐건물에 레넌 제국의 물건인 이 마나 스톤인지 뭔지 하는 게 있었는가 말이다.

"이 마나 스톤이라는 것은 레넌 제국에서 만들어진 것인가?"

"꼭 그렇다고 할 수는 없소. 이것을 만드는 데 필요한 재료는 수정이오. 이 지구라는 차원에도 수정은 있지 않소?"

수정, 크리스탈. 당연히 지구에도 있었다.

"그렇다면."

"그러면 이 지구에서도 충분히 만들 수 있소. 단 마나 스톤을 만들거나 다루는 것은 마법을 쓸 줄 아는 자여야 하지. 이 지구라는 차원에 그런 사람은 아직 없는 것으로 알고 있지만."

"그러면 이 마나 스톤이 레넌 제국에서 만들어진 것인지는 알 수 없지만 최소한 이것을 만들거나 쓰는 데 레넌 제국인이 관여했다는 것이군."

"그건 틀림없소."

대한민국 땅에서 정부의 관리를 벗어난 레넌 제국 인간은 딱 한 명뿐이다.

"카리스 놈이겠군요."

유석의 말에 수만도 고개를 끄덕였다.

"이런 짓을 할 수 있는 것은 놈뿐이다."

듣고 있던 은아가 문득 다른 의견을 냈다.

"듣고 보니 이 마나 스톤이라는 게 발견된 게 이상한데요?"

"무슨 소리지?"

"그 건물에서 도망친 녀석들은 아주 치밀한 녀석들이었어요. 불을 지르고 증거를 인멸하고 자기들은 자취를 감췄죠. 여태 찾지 못하고 있구요. 그런데 그렇게 치밀한 녀석들이 이렇게 중요한 물증을 놓고 간다고요?"

모두들 듣고 보니 은아의 말이 납득이 갔다.

아닌 게 아니라 마나 스톤은 본래 지구에는 존재하지 않았던 물건이다.

레넌 제국인이었지만 귀순하여 대한민국 정부에 협력하는 자가 나왔다는 사실은 예측하지 못하더라도, 이런 물건을 버리고 가면 언젠가 주인의 정체를 드러내는 증거가 될 수 있다.

이 정도 생각은 머리가 있으면 누구라도 할 수 있다고 봐야 했다.

하물며 그렇게 치밀한 녀석들이 이 중요한 물증을 놔두고 도망치다니.

분명 이상했다.

"무슨 음모가 있는 건가?"

"이게 함정일 수도……."

혼란에 빠진 모두를 바라보던 케네스가 한마디 했다.

"내 생각에는 어쩔 수 없이 놔두고 간 것 같소."

"뭐라고? 어째서?"

"작동하기 시작한 마나 스톤을 빠른 시간 내에 멈추려면 마법사가 필요하오. 마법사의 조정을 받지 않는 상황에서 마나 스톤이 자극을 받으면 폭주를 하지. 아마 마법을 쓰지 못하는 자는 건드리기조차 어려울 것이오."

케네스도 이 마나 스톤을 얻기까지의 과정에 대해 당연히 들었을 것이다.

그걸 알고 하는 말이니 넘겨들을 수다 없었다.

"즉, 불길에 휩싸인 마나 스톤인지 폭주인지 뭔지로 그놈들이 가져갈 수 없는 상황이 되었고, 그 때문에 어쩔 수 없이 이것을 놓고 갈 수밖에 없었다. 이런 뜻인가?"

"내 추측은 그렇소."

"으음."

듣고 보니 일리가 있는 말이었다.

일부러 놓고 갔다고 보기에는 마나 스톤은 너무나도 특별하고 또 중요한 물건이다.

이런 것을 일부러 놓고 가 자신들이 레넌 제국 사람과 한편이다.

혹은 레년 제국의 문물에 대해 잘 알고 있다는 식으로 국정원에게 광고를 해서 이득을 얻을 것이라고는 생각하기 어려웠다.

설사 예상대로 그들의 정체가 제우스라고 해도 말이다.

이런 식으로 자신들을 드러내면 좋을 게 하나도 없다.

"결국 그 치밀한 녀석들도 미처 손을 쓰지 못한 부분이 있었다는 말이로군."

"사실이면 그래도 우리가 빨리 행동한 보람이 조금은 있는 것 같군요."

그때 이야기를 듣던 유석이 과학자에게 물었다.

"이것 때문에 우리를 부른 겁니까?"

"네, 하지만 이 마나 스톤이라는 게 전부는 아닙니다."

"그러면?"

"실은 시험할 일이 있어서요."

과학자는 이후 이야기는 케네스에게 들으라는 듯 케네스에게 눈짓을 했다.

시킨 대로 케네스가 바통을 이어받았다.

"내 마법으로 당신들에게 협력하라는 이야기를 들었소."

"우리를? 어떻게?"

"당신들은 카리스를 쫓고 있지 않소?"

"카리스를 아나?"

수만의 질문에 케네스가 고개를 끄덕였다.

"물론이오. 블랙드래곤 군단에서도 상당한 실력을 가진 것으로 유명한 자였으니까."

"…그래서 어떻게 우리를 돕겠다는 건가?"

"듣자 하니 이 마나 스톤을 발견한 곳에 시체들이 널려 있었다던데."

그 말을 들은 수만이 과학자를 돌아보며 눈을 찌푸렸다.

'대체 이자에게 뭘 어디까지 말한 거냐.'

이런 뜻이었다.

과학자는 대답 대신 어깨를 으쓱거렸다.

이것저것 말한 건 사실이지만 어쩔 수 없었다.

이 정도의 뜻을 담고 있다는 걸 알아본 수만은 슬며시 편두통이 오는 걸 느꼈다.

유석처럼 레넌 제국의 '레' 자만 들어도 이를 가는 사람이 아니더라도 레넌 제국에 대한 분노를 가진 사람은 많다.

불신을 가진 사람은 대부분일 것이다.

한데 레넌 제국 사람에게 이런저런 일들을 말해 주다니.

아무리 이용가치가 높은 자라고 해도 너무 서둘러 행동

하는 게 아닌가.

혹시 저 케네스라는 자가 딴마음을 품는다면 또 어떻게 한다는 말인가.

생각만 해도 골치 아픈 게 한둘이 아니었다.

그나마 다행인 것은 케네스를 바라보는 유석의 눈길이 전혀 곱지 않다는 것이었다.

다른 사람이라면 모를까 유석만은 케네스에 대한 경계를 조금도 늦추지 않을 것이다.

그 유석이 케네스를 경계한다면, 케네스가 무언가 허튼 짓을 하려들어도 막을 수 있을 것이다.

최소한 자신들의 앞에서 허튼 짓을 한다면 말이다.

'유석 요원을 너무 의지하는 것 같지만… 지금은 다른 방법이 없나.'

속으로 푸념하며 수만은 일단 일이 돌아가는 것을 지켜보기로 했다.

"그래, 우리를 어떻게 돕겠다고? 시체들이 무슨 상관이지?"

"그 시체들이 보고 들은 정보를 알게 된다면 많은 도움이 되지 않겠소?"

수만은 유석과 은아를 바라보았다. 저 말이 무슨 뜻인지 알아듣겠냐는 제스처였다.

유석도, 은아도 고개를 내저었다.

시체들이 보고 들은 정보를 알게 된다니. 무슨 소린지 알아들을 수가 없었다.

"시체가 보고 들은 것을 알게 된다니. 무슨 죽은 자의 입을 열게 하겠다는 말인가?"

"말하자면 그렇소."

"…진담인가?"

"물론이오."

상식을 벗어난 소리에 유석은 자기도 모르게 나서 물었다.

"죽은 자의 입을 열겠다? 그게 가능하다고?"

"그렇소."

"죽은 자를 되살리거나 하겠다는 말인가?"

"강령술로 죽은 자를 되살릴 수 있지만 그건 고작해야 스켈레톤이나 좀비, 꼭두각시 인형에 지나지 않소. 육체는 되살릴 수 있어도 떠난 영혼은 다시 불러올 수 없기 때문이오."

"……."

"그러나 영혼이 떠나도 그 영혼이 육체에 깃들어 있을 때 보고 들은 기억은 육체에 남게 되오. 그것을 읽어내는 것이 바로 죽은 자가 말을 하게 하는 것이오."

"결국 죽은 사람이 보고 들은 것을 다시 재생시켜 주겠다. 이런 말인가?"

"그렇소."

지금 케네스가 무슨 말을 하는지는 어느 정도 알아들을 수 있었다. 하지만 쉽사리 납득은 가지 않았다.

당장 과학적으로는 존재 여부를 알 수 없는 영혼 운운하는 것부터가 그런 데다가 죽은 자가 입을 열게 한다는 개념은 너무나도 상식과 동떨어져 있었다.

그러나 유석은 다른 쪽에 생각이 미쳤다. 몸이 완전히 박살이 나도 꿈틀거리며 움직이던 적들.

"강령술이라고 했나?"

"그렇소."

"그 강령술이라는 것으로 시체를 되살리면, 머리가 날아가고 팔다리가 조각나도 그 조각들이 제각각 움직이는 그런 괴물들을 만들 수도 있는 건가?"

"수준 높은 강령술이면 가능하오. 확신할 수는 없지만 그 카리스라면 가능하겠지."

유석이 이런 말을 꺼낸 이유를 수만과 은아도 알아들었다.

"그러니까 그 괴물들도 결국 카리스가 강령술이라는 것으로 만든 것이라는 말이지?"

은아의 말에 유석은 고개를 끄덕였다.

"여기 케네스의 말에 따르면."

"마법이라. 역시 그랬구만. 하긴 과학으로 그런 걸 어떻게 만들겠어."

사실 그 몸이 조각나도 움직이는 괴물 인간들은 마법으로 인해 만들어졌다는 것이 과학자들 사이에선 반 이상 정설로 통하고 있었다.

과학이나 의학적으로는 절대로 있을 수 없는 일이었으니 말이다.

"그러니 이 케네스라는 자의 힘으로 그 시체들에게서 정보를 알아내겠다는 것이군."

중얼거리며 수만은 생각에 잠겼다.

이 케네스라는 자가 아직 못 미더운데 그런 일을 시켜도 될지 의심이 들었다.

하지만 이렇게 만남을 가졌다는 것부터가 상층부에서는 이 일을 허락했다는 증거일 것이다.

그렇다면 자신의 뜻이 어떻든 뒤집거나 할 힘은 없었다.

수만은 과학자를 돌아보며 물었다.

"결국 이자의 말대로 해야겠지요."

"네, 일단 시도를 하자는 게 상층부의 입장입니다."

"하는 수 없지."

별로 마음에 안 들지언정 드러내놓고 반대하는 사람은
없었다.

그렇게 케네스는 죽은 자로 하여금 입을 열게 만드는 임
무를 받았다.

36장
죽은 자는 말이 있다

화재 현장에서 발견된 시신들은 은밀한 곳에 보관되어
있었다.

　카리스가 개입했는지 모르는 상황에서 함부로 공표하거
나 시신을 안치할 수는 없었기 때문이다.

　시신들이 보관된 곳에 줄잡아 수십 명은 되는 인원이 한
꺼번에 찾았다.

　유석 등 국정원 요원들, 과학자 및 의학자, 무장병력, 그
리고 케네스였다.

　"그럼 시작하겠소."

미리 말을 했지만 현장에서 케네스는 다시 한 번 모두의 허락을 구했다.

조금만 수상하게 보여도 바로 총 맞을지 모르는 신분이니만큼 현명한 선택이었다.

모두를 대표하여 수만이 고개를 끄덕였다.

케네스의 시선이 눈앞에 놓인 몇 개의 항아리로 향했다. 유골함이었다.

화재 현장에서 발견된 유골들은 워낙에 심하게 훼손되어서 신원파악조차 불가능할 지경이었다.

그나마 총탄 등이 여러 발 발견되어 먼저 총으로 사살된 뒤 불에 탔으리란 것만 추정할 수 있었다.

레넌 제국에 유골을 동그란 항아리에 넣는 풍습이 있는지는 모른다.

그렇지 않을 것을 대비하여 저것이 유골함이라는 것을 미리 알려주었다.

죽은 자에게는 예의를 갖춰야 한다.

이것은 다른 차원에도 통용될 기본 상식일 것이다. 그러나 케네스의 행동은 그 상식을 벗어났다.

"……."

들리지 않을 만큼 작은 소리로 무언가 중얼거리던 케네스가 손을 뻗었다.

그러자 유골함들이 진동하는가 싶더니 뚜껑이 열리며 유골 조각과 가루들이 회오리에 휘말린 듯 솟아오르기 시작했다.

"아니?"

"뭘 하는 거지?"

이런 일이 벌어질 줄 몰랐기에 여기저기서 놀란 소리가 튀어나왔다.

하지만 모두들 케네스가 이 자리의 누군가에게 위해를 끼치려 들지 않는 한 그의 행동을 방해하지 마라는 언급을 받았다.

유골을 용솟음치게 만드는 건 고인에게는 누를 끼칠지언정 이 자리의 누군가에게 위해를 끼치는 행동 같지는 않다.

때문에 모두들 케네스의 행동을 잠자코 지켜볼 수밖에 없었다.

'뭐지, 이 느낌은……'

단순히 유골이 용솟음치는 괴이한 광경 이상의 무언가를 느낀 것은 유석뿐이었다.

주변 공기가 달라진 것이 느껴졌다.

거기에다 이제부터 무슨 일이 벌어질 것이란 예감이 들었다.

구체적으로 눈앞에 미래가 보이는 것은 아니었지만 왠지

모르게 앞일이 조금은 짐작이 갔다.

케네스는 계속 주문을 외며 양손을 이리저리 움직여댔다.

저게 그 마법이라는 것을 사용하는 과정임에는 틀림이 없었다.

물론 미리 듣지 못했다면 그저 미친놈이 푸닥거리하는 것으로 보였을 것이다.

얼마 후, 용솟음치며 이리저리 휘날리던 유골들이 갑자기 빛나기 시작했다.

"세상에……."

"보고도 믿을 수 없군."

예상치 못한 광경들이 이어지자 여기저기서 감탄사가 흘러나왔다.

산전수전 다 겪은 실력자인 수만과 은아도 예외는 아니었다.

그나마 유일하게 침착한 것이 유석이었다. 그는 왠지 이런 일이 일어날 것 같은 예감을 느꼈다.

그럼에도 불구하고 유석 역시 눈앞의 기괴한 광경에 무심하지는 못했다.

유골 조각과 가루들이 회오리치는 가운데 기괴한 빛까지 흘러나오고 있다. 이런 기괴한 광경은 영화에서도 보지 못했다.

그렇게 모두들 놀라하는 와중에도 케네스는 아무렇지도 않게 계속 주문을 외었다.

회오리치던 유골 조각들은 어느 순간 한 덩이로 뭉쳐지다 이내 제각각 흩어졌다.

번쩍.

동시에 빛이 폭발하듯 주변을 감쌌다. 모두들 눈부신 나머지 눈을 감거나 손으로 눈을 가렸다.

'……'

이번에도 유석만이 유일하게 그러지 않았다. 아니, 그럴 필요가 없었다.

모두들 눈을 뜨기 힘들 만큼 눈부신 빛이었건만 유석만은 그렇게 눈부시지 않았다.

이 자리에서 빛에 눈부셔 하지 않은 사람은 두 명뿐이었다.

유석과 케네스.

문득 케네스가 고개를 돌려 모두를 돌아보았다.

다른 사람들은 눈을 감거나 가린 가운데 홀로 눈을 뜨고 있던 유석과 케네스의 눈이 마주쳤다.

두 사람은 서로의 눈을 의미심장하게 바라보았다.

케네스는 유석을 바라보며 속으로 중얼거렸다.

'역시 저자만이 마법에 대한 저항력을 가진 모양이군. 그렇지 않다면 이 빛을 저렇게 볼 수가 없을 테니.'

유석도 속으로 중얼거렸다.

'저놈 무슨 꿍꿍이가 있는 건가.'

짐작과 의심이 교차하는 가운데 모두를 눈부시게 한 빛은 사그라들기 시작했다.

다른 사람들도 서서히 시야를 찾기 시작하자 케네스는 아무렇지도 않은 듯 고개를 돌려 마법을 계속했다.

"아, 눈부셔. 이 틈에 뭔 일이라도 나면 곤란하겠는데."

은아가 나지막히 중얼거렸다.

유석이 듣고 보니 정말 그럴듯한 소리였다.

모두의 눈을 잠깐이나마 멀게 한다는 것은 딴짓을 할 절호의 기회라는 것이다.

그러나 케네스는 그렇게 하지 않았다. 일이 이렇게 될 것은 충분히 짐작한 것 같았는데 말이다.

유석의 눈이 멀지 않아 하려다가 관 둔 것 같지도 않았다. 방금 전 유석을 바라보는 케네스의 눈에 적의는 느껴지지 않았다.

비록 적의가 아예 없는 것인지, 지금 이 순간에만 적의를 품지 않은 것인지는 확인할 수 없었지만 말이다.

"당장 딴짓을 하려는 건 아닌 모양이군."

유석의 중얼거림을 언뜻 들은 은아가 고개를 갸웃거렸다.

"뭐라고 했어?"

"아무것도 아냐."

"그래……?"

이후로는 별일 없이, 아니, 놀랄 만한 새로운 무언가는 없이 마법이 진행되었다.

여전히 유골이 회오리치며 빛이 새어 나오는 건 마찬가지였다.

그렇게 몇 분이 지나고, 마침내 케네스의 주문이 멈췄다.

유골은 몇 개의 덩어리가 되어 바닥에 곱게 놓여졌다.

"끝난 건가?"

누군가의 중얼거림에 화답하듯 케네스가 몸을 돌리며 말했다.

"다되었소."

다되었다. 하지만 아무도 무언가 특별한 것을 느끼거나 하지는 못했다.

수만이 나서 물었다.

"뭐가 다되었다는 말인가?"

"이제 시체가 말을 할 것이라는 말이오."

"어떻게?"

"저기 모인 유골들에 접촉하면 유골이 가지고 있던 마지막 기억을 보고, 또 듣게 될 것이오."

"그러니까 저 유골에 손을 갖다대라. 이 말인가?"

"그렇소."

보통은 유골을 만지고 싶어 하는 사람은 없다.

그러나 여기까지 와서 만지고 싶지 않다는 이유로 발뺌을 할 수는 없는 일이었다.

먼저 수만이 나섰다.

수만은 몇 덩어리로 나뉜 유골들 중 한 덩어리로 향했다.

"……."

손을 뻗어 유골에 손을 대기 직전, 수만은 이렇게 하는 게 맞느냐는 듯 케네스를 바라보았다.

케네스는 가만히 고개를 끄덕였다.

수만은 더 망설이지 않고 유골에 손을 대었다.

그 직후, 갑자기 수만의 눈이 부릅떠지며 표정이 놀란 채굳었다.

보고 있던 사람들도 놀랄 만큼 표정의 급변이었다.

"저 사람이 저런 표정 짓는 건 처음 보는군."

누군가의 한마디가 모두의 심정을 대변했다.

대략 수십 초가 지났을까, 굳어 있던 수만의 표정이 풀리며 유골에서 손을 거뒀다.

"휴……."

깊게 숨을 내쉬며 가슴을 진정시킨 수만이 케네스를 보며 말했다.

"정말 놀라운 경험이군."

"그럴 것이오. 죽은 자가 본 것을 보고 들은 것을 듣는 것은 레넌 제국에서도 흔히 겪는 일은 아니니까."

"내가 보고 들은 게 정말 유골이 보고 들은 게 틀림없나?"

"그렇소. 당신이 믿지 않는다면 굳이 설명하지는 않겠지만."

"아니, 여기까지 오면 믿을 수밖에 없겠지."

수만은 유석과 은아에게 다가와 말했다.

"내가 꿈을 꾼 게 아니라면 덕분에 무언가 건진 것 같군."

"정말 고인들이 보고 들은 걸 본 거예요?"

아무래도 믿지 못하겠는지 은아가 물었다. 수만이 고개를 끄덕였다.

"아무래도 그런 것 같다. 상식적으로는 아직도 믿지 못하겠지만… 어차피 그 상식이란 건 하늘을 나는 배가 서울 상공에 나타났을 때부터 믿지 못하게 된 것이니."

그렇게 말한 수만은 유석을 돌아보며 말했다.

"자네는 의심가지 않나?"

유석이 고개를 내저었다.

"아니요."

"하긴……. 자네는 그 마법인지 뭔지 하는 것과 꽤 가까운 사람이니. 그래, 이번에는 자네가 보지 않겠나? 은아 요원도 보도록 하고."

따지고 보면 카리스 팀에게 단서를 주려고 이 일을 벌인 것이다. 유석이나 은아나 그 팀원이니만큼 거절할 이유가 없었다.

"네."

"그러죠, 뭐. 한다고 죽진 않을 것 같으니."

각각 대답한 유석과 은아는 각각 다른 유골 덩어리 앞에 섰다. 수만 역시 또 다른 유골 덩어리 앞에 섰다.

아무래도 유골 덩어리들마다 다른 기억을 가진 모양이었으니 말이다.

그렇게 유석은 유골에 손을 대었다.

그 순간 갑자기 눈앞에 파노라마가 펼쳐지듯 무언가가 보이고, 귀에서도 무언가가 보이기 시작했다.

철창. 사람뿐만 아니라 맹수도 가둘 수 있을 법한 튼튼한 철창. 그 안에 쇠사슬을 찬 채 갇혀 있는 사람들.

나도 쇠사슬을 차고 있고 주변의 사람들도 쇠사슬을 차고 있다.

모두들 반 시체가 된 듯 생기가 없는 표정과 퀭한 눈을 하고 있으며 아무도 말도 하지 않고 있다.

가끔 짐승처럼 신음 소리나 낼 뿐이다. 나도, 다른 사람들도.

그렇게 갇혀 있다 문득 바깥이 소란스러워진다.

무언가 알 수 없는 빛이 보이는가 싶더니 근처에 있던 사람 한 명이 갑자기 비명을 내지른다.

이어 몸 근육이 울퉁불퉁해진다.

여전히 묶여 있다.

갑자기 바깥이 소란스러워진다.

철창 밖에서 황인, 백인, 흑인 등 다인종으로 구성된 무리가 철창을 바라보며 무어라 지껄인다.

영어인 것 같은데 자세히 알아들을 수는 없다.

곧 그들은 철창을 향해 총을 들이댄다.

총이 불을 뿜고, 비명과 함께 철창 안 사람들이 피를 흘리며 쓰러진다.

나도 총을 맞았다.

하지만 죽지는 않았다. 곧 철창에 기름이 뿌려지고, 불이 붙는다.

불 속에서 몸부림치며 천천히 죽어간다.

죽은 자는 말이 있다 291

거기까지 본 유석의 의식은 현실로 되돌아왔다.

"……."

유석은 이마에 맺힌 식은땀을 닦으며 생각해 보았다. 정말 끔찍한 광경이었다.

비록 총에 맞을 때나 불에 탔을 때의 고통까지 느낀 건 아니었지만 실제로 그 자리에서 그런 일을 당한 기분이었다. 비유하자면 아주 현실감이 넘치는 4D 영화를 보고 나온 느낌이랄까.

비슷한 때에 은아도 유골의 기억을 본 뒤 손을 뗐다

은아 역시 상당히 끔찍한 광경을 본 듯 식은땀을 흘리고 있었다.

마지막으로 수만도 손을 뗐다. 처음이 아닌 그 역시 식은땀을 흘리는 건 마찬가지였다.

세 사람을 대표하여 유석이 물었다.

"우리가 본 게 이 시신들의 기억이라는 말이지?"

"그렇소."

"끔찍하군."

죄 없는 사람을 묶어놓고 가둔 것만으로도 심각한 인권 유린인데 그들에게 알 수 없는 실험 같은 짓을 하고 결국에는 총으로 쏘거나 아예 산 채로 불태워 죽였다.

이것이 유골의 기억을 읽은 세 사람이 공통적으로 체험

한 것이었다.

은아가 고개를 내저으며 말했다.

"실종사건과 이 현장의 유골은 관련이 깊을 거야. 우리가
본 게 사실이라면 거기 갇힌 사람들이 실종되었던 사람일
확률이 높겠지. 불쌍하게도……."

"21세기 대한민국에서 감히 731부대나 할 짓을 하다니.
어이가 없군."

수만도 분노한 기색을 드러내었다.

그게 누구든 대한민국에서 말 그대로 731부대나 할 법한
인간 말종 짓을 한다는 것은 결단코 용납이 될 수 없었다.

"아무튼 우리가 본 게 실제로 있었던 일이라면 정말 큰 단
서가 되겠군. 그래. 이걸 따로 녹화하거나 할 수 있겠나?"

수만의 질문에 케네스가 되물었다.

"녹화가 뭐요?"

레넌 제국인인 케네스에게 녹화라는 개념을 이해시키고
가능한지 묻는 것은 쉬운 일이 아니었다.

과학자 한 명이 나서 케네스와 몇 분간 대화를 나눠야만
했다.

대화를 마치고 마침내 수만이 묻는 바를 알아들은 케네
스가 고개를 내저었다.

"그건 무리요."

"불가능하다는 말인가?"

"유골에 손을 댄 자는 기억을 계속 읽어낼 수 있소. 물론 마나가 필요하지만 그건 내가 보충할 수 있지. 그러나 당신 말처럼 어딘가에 그 기억을 따로 저장하거나 모두가 볼 수 있게 옮기는 것은 불가능하오."

"결국 계속 이걸 손대고 보면서 어떻게 해야 한다는 것이로군."

세상만사 뜻대로만은 되지 않는 것이다. 아무래도 약간의 불편함은 감수해야 할 모양이었다.

사실 유골의 기억을 읽어낸 것만으로도 엄청난 단서였다. 그야말로 죽은 자가 말을 한 것 아닌가.

아직 정체가 불분명한 상대는 죽은 자는 말이 없다는 상식으로 이렇게 한 것이겠지만 그 상식은 깨졌다. 이제 이쪽에서 반격을 할 차례였다.

"그러면 팀원들을 모두 부르도록 하지. 모두들 유골의 기억을 읽으면서 각자 가진 정보와 비교하여 놈들의 정체를 알아내는 게 어떤가."

"그게 좋겠네요."

수만의 말에 은아는 찬성했고, 유석도 반대하지 않았다.

그렇게 앞으로 카리스 체포팀이 나갈 방향이 정해졌다.

그러나 유석은 여전히 케네스가 마음에 걸렸다. 그에게

큰 도움을 받은 셈이건만, 여전히 못미더웠다.

자신의 선입견 때문인가. 아니면 또 다른 무언가 이유가 있는 것인가.

유석은 수만, 은아와 대화에 참여하면서도 케네스에게 눈을 떼지 못했다.

"……."

케네스도 그런 유석을 바라보았다. 다시금 두 사람의 눈이 마주쳤다.

케네스의 눈에서는 별다른 감정이 느껴지지 않았다.

'저놈을 믿어도 될까?'

속으로 여러 번 자문해 보았지만 해답은 나오지 않았다.

그렇다면 지금으로서는 상부의 입장에 따라 믿어 보는 수밖에 없었다.

물론 경계는 늦추지 않은 채로 말이다.

*   *   *

죽은 자에게 말을 하게 한다. 정확히 표현하자면 시신의 기억을 읽어낸다.

과학적, 의학적으로는 완전히 불가능한 일을 마법이 해낸 것이었다.

레닌 제국 관련된 연구에 관여하고 있는 과학자와 의학자들은 모두 경악했다.

"이 일에 발 담고 나서는 놀랄 일만 생기지만, 그중에서도 제일 놀라운 일이로구만."

이건 현성 원장의 말이었다. 동시에 여러 사람이 동의하는 말이기도 했다.

이 놀라운 일을 연구하기 위하여 과학자와 의학자들이 무리를 지어 케네스에게 몰려들었다.

그들의 지적 욕구를 다 채워 주었다가는 수사고 뭐고 아무것도 못할 판이었다.

과학과 의학으로 마법의 수수께끼를 규명하는 일도 중요하다. 그러나 지금 더 중요한 것은 국가안보에 심각한 위해를 끼치고 있는 카리스를 체포 혹은 사살하는 것이다.

그렇게 결론지은 정부에서는 과학자와 의학자들이 케네스에게 접촉하려는 것을 막았다.

일단은 국정원 쪽으로 돌려 수사부터 마무리 짓겠다는 것이었다.

덕분에 카리스 체포팀에서는 별다른 방해 없이 죽은 자들의 이야기를 들으며 수사에 전념할 수 있었다.

"휴……."

유골의 기억을 4D 영화보다 생생히 읽어낸 요원들이 한숨을 쉬며 손을 뗐다.

이렇게 카리스 체포팀 전원이 모든 유골의 기억을 전부 읽어낸 것이었다.

그 일이 끝나자 수만은 모두를 회의실로 데려갔다. 단서를 바탕으로 앞일을 의논하려는 것이었다.

"그래, 모두들 다 보았겠지. 특별한 단서가 될 만한 것은 찾았나?"

한 요원이 말했다.

"그들은 북한 잔당으로 위장했지만 북한 잔당은 아닌 것 같았습니다. 외국인들도 여럿 있었습니다."

"그렇지. 나도 똑같이 생각한다."

"북한에서 활동하는 외국인이라면 역시 제우스가 가장 가능성이 높지 않겠습니까?"

"그렇겠지. 하지만 단순히 외국인이기 때문에 제우스일 것 같은 이야기보다 보다 명백한 증거가 필요하다."

"하다못해 본 얼굴들 중에 제우스 직원으로 확인되는 자라도 있다면……."

어느 요원이 중얼거렸다.

사실 다른 요원들도 해본 생각이었고, 따라서 그것을 찾기 위한 준비도 했다.

수만은 팀원들에게 서류들을 나눠주었다. 모두 나눠준 뒤 수만이 말했다.

"다 받았나?"

"네, 그런데 이게 뭡니까?"

"북한 지역에서 활동하는 제우스 직원들의 사진이다. 우리가 확인 가능한 모두의 얼굴이 들어 있지. 하나하나 보면서 각자 본 그것들과 대조해 보도록."

요원들은 명령을 받은 대로 자신들이 본 끔찍한 광경 속 얼굴들과 눈앞의 제우스 직원들의 얼굴을 비교하기 시작했다. 그다지 쉬운 일은 아니었다.

무엇보다 요원들이 본 광경들은 할리우드 영화처럼 화질이 선명하거나 한 게 아니었다.

때론 흔들리고, 때론 무언가에 가려지며 아예 흐릿하게 보이는 경우도 있었다.

케네스의 말에 따르면 순순히 유골이 보고 들은 것만 기억되기 때문에 유골이 본 것 이상으로 선명한 것은 볼 수 없다는 것이었다.

비유하자면 그다지 좋지 못한 화질과 좋지 못한 촬영으로 찍힌 영상을, 그것도 직접 비교가 아니라 본 기억만으로 눈앞의 사진들과 비교하는 일이다.

아무리 국정원 요원들이라고 해도 그렇게 쉬운 일은 아

니었다.

　모두들 정신을 집중한 채 하나하나 살폈다.

　"음?"

　그러던 중, 유석의 눈에 한 남자 사진이 보였다. 마른 얼굴에 전체적으로 샤프하게 생긴 백인 남자.

　사진으로 보기에는 특별히 인상적인 얼굴이나 눈빛은 아니었다. 분명히 직접 본 적 없는 얼굴임에도 불구하고 낯이 익었다.

　"이 남자는……."

　유석은 기억을 떠올려 보았다. 유골의 기억을 읽었을 때의 기억.

　분명 그때 보았다.

　사슬을 차고 철창에 갇힌 사람들에게 총질을 한 녀석 중 한 명이 틀림없었다.

　"찾은 것 같습니다."

　말과 함께 유석은 니콜라이라는 이름의 남자 사진을 내밀었다.

　니콜라이의 얼굴을 집중해 본 요원들이 하나둘 말했다.

　"맞아."

　"저 얼굴 같지?"

　"나도 본 적이 있는 것 같아."

니콜라이. 제우스의 직원 중 한 명이며 북한에 온 제우스 직원들의 경호를 맡고 있는 경호 책임자였다.

제우스의 경호 책임자 정도의 인물이 이 사건에 개입되었다면 제우스가 개입되었을 확률도 훨씬 높아지는 것이다.

그렇기에 신중해야 했다. 만에 하나 잘못 짚은 것이면 자칫 큰 후유증이 생길 수도 있었다.

요원들 전원이 이 니콜라이로 추정되는 자가 나오는 부분의 유골의 기억을 다시 읽었다. 그리고 서로 간에 의견을 주고받았다.

그 결과 나온 결론은 하나였다.

"우리가 본 자가 여기 이 니콜라이와 동일인이라는 건 거의 틀림없는 것 같군."

수만이 선언했다.

마침내 제우스의 꼬리를 잡을 단서를 하나 찾아낸 것이었다.

『차원정복자』 5권에 계속…

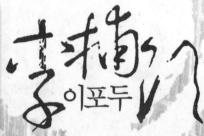
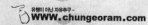

허담 新무협 판타지 소설

FANTASTIC ORIENTAL HEROES

수선경

작은 샘이 바다로 모여들 듯,
만류의 법이 하나로 회귀하듯,
다섯 개의 동경이 드디어 하나로 모인다.

검을 만드는 사람과
검을 쓰는 사람,
그리고 검을 버리는 사람의 이야기!

천명을 타고 태어난 **청풍**과 **강검산**
그리고 혈로를 걸어온 살수 **타유**,
그들이 다섯 줄기의 피의 숙명과 마주한다.

Book Publishing CHUNGEORAM

유행이 아닌 자유추구 -
WWW.chungeoram.com

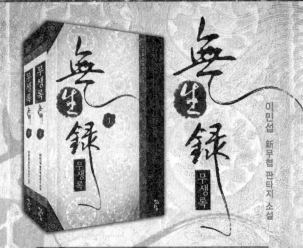

FUSION FANTASTIC STORY
천성민 장편 소설

짐승의 규칙

『무결도왕』 『다크로드 블리츠』
천성민 작가의 신간!

짐승의 규칙

살아야만 했다.
나를 위해 희생당한 부모님을 위해.
복수를 위해.

죽여야만 했다.
내가 살기 위해 타인의 목숨을.

그렇게……
나는 짐승이 되었다.

Book Publishing CHUNGEORAM

FANTASY FRONTIER SPIRIT

이충민 판타지 장편 소설

Mighty Warrior
영웅병사

복수를 다짐한 소년 병사.
붉은 제국을 향해 깃발을 세운다.

「영웅병사」

평온한 유년 시절을 보내던 비첼.
어느 날, 붉은 제국의 깃발 아래에 사랑하는 가족을 빼앗기고 만다.

"도끼… 도끼라면 다룰 줄 압니다."

병사가 되고자 참가한 전쟁에서 소년은 점점 영웅이 되어 간다!

쓰러져가는 아버지의 등을 억하며,
아직 어린 소년으로서 도끼를 들고 붉은 제국과 싸우 위해 일어선다.

제국과의 전쟁에 스스로 뛰어든 소년.
병사 비첼 악샌트.
여기이 영웅 탄생의 시작이다!

Book Publishing CHUNGEORAM

www.chungeoram.com

FANTASTIC ORIENTAL HEROES

도검 新무협 판타지 소설

新刀舞魂 패도무혼

최대 장르문학 사이트 문피아,
최단기간 100만 조회수 돌파!
전체 선호작 베스트! 골든베스트 1위!
2013년 하반기 최고의 기대작!

「패도무혼」

정파의 하늘 천하영웅맹의 그림자 흑영대.
그곳에 흑영대 최강의 사내
흑수라 철혼이 있다.

"저들은 뭔가 대단한 착각을 하고 있다.
…개떼는 목숨을 걸어도 개떼일 뿐……."

난 맹수들을 잡아먹는 포식자, 흑수라다.

눈가의 붉은 상흔이 꿈틀거릴 때,
피와 목숨을 아귀처럼 씹어 먹는 괴물
흑수라가 강림한다!

Book Publishing CHUNGEORAM

유행이 아닌 자유추구 -
WWW.chungeoram.com